ROMANS DE VEIT-WEBER,

TRADUITS DE L'ALLEMAND PAR M. B***.

HENRI
DE HOCHFURTH,

OU

LA DESTINÉE;

SUIVI DE

LA PAROLE D'UN CHEVALIER.

—

TOME PREMIER.

PARIS,

URBAIN CANEL, LIBRAIRE,

RUE J.-J. ROUSSEAU, N° 16.

1830.

DE L'IMPRIMERIE DE LACHEVARDIERE, RUE DU COLOMBIER, N. 30.

HENRI
DE HOCHFURTH,

ou

LA DESTINEE.

TOME PREMIER.

IMPRIMERIE DE LACHEVARDIERE,

RUE DU COLOMBIER, N° 30, A PARIS.

HENRI
DE HOCHFURTH,

OU

LA DESTINÉE;

SUIVI DE

LA PAROLE D'UN CHEVALIER;

TRADUIT DE L'ALLEMAND

DE VEIT-WEIBER.

—

TOME PREMIER.

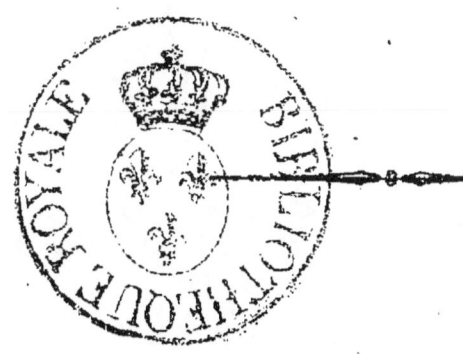

PARIS,

URBAIN CANEL, LIBRAIRE,

RUE J.-J. ROUSSÈAU, N° 16.

1830.

HENRI DE HOCHFURT,

ou

LA DESTINEE.

LIVRE PREMIER.

Le fléau le plus funeste des États, le droit monstrueux du plus fort désolait l'Allemagne à l'époque où Conrad, dit *le Franc*, parvint à l'empire. Ne prenant conseil que de l'envie, de la rapacité, d'un esprit de vengeance et de domination, chaque hobereau bravait des lois sans force, usait du puissant moyen qu'offrait l'espoir du pillage, pour enrôler sous ses bannières des instruments de ses violences. Soutenu par cette

I.

soldatesque effrénée, il portait l'effroi parmi les malheureuses popula-
tions qui n'avaient plus de gouver-
nement assez fort pour les protéger.
Cet état de choses avait mis l'Allemagne en feu ; tout le monde guer-
royait, et les progrès des partis vainqueurs ne se marquaient que par la
dévastation. L'homme d'armes, suivant aveuglément l'impulsion de ses
chefs, abattait sans scrupule les bornes sacrées et verdoyantes (1) des
propriétés de l'agriculteur. Il rasait
les forteresses protectrices, sans songer que des actes de cette nature,
en affaiblissant sa caste, ouvraient
un vaste champ aux spoliations des
seigneurs châtelains, et qu'il vien-

(1) Chez les Germains on marquait les
bornes des propriétés foncières avec des arbres en pleine végétation.

drait un temps où la féodalité lui im-
poserait la servitude pour prix de
son altière protection. C'est ainsi que,
tendant les mains aux fers qu'on lui
préparait, le peuple se privait lui-
même de la propriété du sol, seul
moyen d'assurer ses droits civils.

Le démembrement de l'empire ger-
manique paraissait certain. La classe
laborieuse était exposée à perdre
sans retour la jouissance de la propriété commune, si l'intérêt personnel, la soif de la vengeance,
ennemis mortels de la prospérité
publique et de toute confédération
protectrice, n'étaient énergiquement
réprimés, ou plutôt écrasés par le
sceptre de la loi. L'intérêt particulier avait expulsé l'esprit public;
toute entreprise, de quelque nature
qu'elle fût, restait sans exécution,
si des avantages personnels ne s'y

trouvaient attachés. Le patrimoine des meilleurs citoyens était devenu la proie de brigands en armes ; toutes les prérogatives appartenaient à la force, tandis que toutes les charges pesaient sur la faiblesse. L'oppression régnait en sécurité ; les victimes mêmes applaudissaient au triomphe des oppresseurs.

L'épée qui ne sort de long-temps du fourreau se couvre de rouille : le nouvel empereur en était convaincu ; quoique peu disposé à employer le tranchant du fer pour remédier au mal, il en reconnut la nécessité, persuadé qu'une timide indulgence rend le juge en quelque sorte complice du pillage et recéleur du butin. Conrad renouvela, en conséquence, les décrets de ses prédécesseurs contre toutes guerres particulières ; il régla le cours de la justice, en confia la

balance à des mains intègres, et jura
sur le baudrier de Charlemagne « que :
» sans égard pour l'origine, le rang, la
» bravoure, la science, les services ren-
» dus ou à rendre, nul perturbateur
» du repos public n'échapperait à son
» glaive vengeur. » Mais les chevaliers
et seigneurs ne firent pas plus de cas
de cette résolution menaçante, que
n'en font les papes du serment des
princes régnants d'Allemagne, lors
de leur couronnement : « de vivre
» en toute tempérance avec la grâce
» de Dieu. » Aucun empereur, à son
avènement au trône, n'avait négligé,
par l'expression de sentiments semblables, de s'assurer un jugement favorable de la part de la postérité, bien
qu'ils eussent, pendant leur règne,
consacré mille abus, en professant
une longanimité trop souvent intéres-
sée. Du reste, les membres de l'État

accordaient volontiers au chef le droit
de constituer des juges, pourvu qu'ils
eussent la faculté de les corrompre
et de se conduire *suivant leur bon
plaisir.* D'ailleurs, le farouche guerrier ne pouvait guère se soumettre à
la marche lente de la justice, qu'il
comparait au limaçon alongeant
ses cornes avec précaution avant de
diriger sa marche sur un point ; son
bon coursier le portait bien plus rapidement au but, et souvent une
seule journée suffisait à son épée pour
trancher une question de droit, pour
la décision de laquelle sept maîtres
des plus experts eussent peut-être
employé plusieurs lunes à feuilleter et
à user le parchemin des capitulaires.
Il n'est donc pas étonnant que les seigneurs châtelains d'Allemagne, con-
sidérant la déclaration de Conrad
comme une simple formule, ou sous

le même point de vue que l'ablution
d'un Ponce-Pilate, cherchassent, par
les mêmes moyens qui leur avaient
si bien réussi sous les derniers em-
pereurs, à consolider et à augmenter
leur puissance.

Peu curieux de connaître les moyens
conciliatoires qu'aurait employés la
juridiction dont il était censé relever,
le comte Léopold de Hochfurt guer-
royait contre Hero de Radeborn,
voisin d'un caractère singulièrement
chicaneur. Celui-ci ne manquait jamais d'exiger à grand bruit des dé-
dommagements, lorsque, par hasard,
les varlets du comte s'avisaient de
cueillir quelques mûres de ronces dans
l'enceinte de ses propriétés, ou lorsque leurs bruyants exercices effarou-
chaient une de ses poules couveuses.
Il considérait même comme une of-
fense préméditée les sillons que tra-

çaient dans ses champs les pluies d'orage, dont l'écoulement venait du côté de hauteurs faisant partie du domaine du comte. Indigné de tant de mauvaises chicanes, Léopold résolut de museler cet éternel aboyeur, et de conquérir par la force une tranquillité que sa longue condescendance n'avait pu lui faire obtenir.

A peine l'inquiétant chicaneur eut-il reçu le cartel de Hochfurt, qu'il partit en grande hâte pour la résidence de l'empereur Conrad. Admis devant ce prince, il lui peignit son adversaire sous les plus noires couleurs, se plaignant : « que Léopold n'avait cessé » de le vexer de mille manières, à » dessein prémédité, jusqu'à ce que » lui, Radeborn, oubliant sa faiblesse, » et ne consultant plus que son dés- » espoir, en eût enfin témoigné son » indignation en termes trop durs

»peut-être, mais qu'un juste ressen-
»timent, qu'un ressentiment long-
»temps comprimé, ne lui avait pas
»permis de choisir; que, là-dessus,
»son rapace et puissant voisin, qui,
» de tout temps, n'avait cherché qu'un
»prétexte pour le dépouiller, avait
»saisi avec empressement celui que
» lui offraient quelques paroles lâchées
»au vent, pour lui déclarer la guerre
» et le priver de ses biens, de sa liberté
»et de sa vie. » La colère de Conrad fut à son comble. Toute satisfaction obtenue par la voie la plus
courte, était à ses yeux une abomi-
nable infraction à la loi, un signe
que l'on ambitionnait en secret la
couronne impériale; il déclara le
comte coupable de haute trahison,
et prononça contre lui cette terrible
sentence : «La majesté lésée, et le
»bien public, réclamant une punition

» exemplaire , je jure, sur la Sainte-
» Croix de N.-S., de ne point partici-
» per à la messe, de me considérer
» comme indigne de la grâce divine,
» jusqu'à ce que la dernière goutte du
» sang de ce rebelle ait été versée, et
» que la flamme dévastatrice ait dévoré
» son repaire. »

Le comte apprit bientôt à connaître les terribles effets de la vindicte
impériale. Il fut mis au ban de l'empire , et déjà cette simple mesure lui
enleva la moitié de ses hommes d'armes. Il suivit des yeux la troupe timide qui évacuait le fort , et lui cria :
« Grâces à la vertu du corrosif, car elle
» a dépouillé le métal de toutes ses
» parties impures. » Loin de perdre
courage , il fit tous les préparatifs
d'une vigoureuse résistance. Tels que
des requins voraces s'attroupant autour d'un vaisseau en détresse, les

Impériaux se répandirent dans les domaines de Hochfurt , massacrant tout ce qui tombait entre leurs mains, dévastant les plantations et les chaumières. Leur supériorité numérique força les *interdits* à se retirer dans le fort , qui fut étroitement investi. Plusieurs sorties , quoique brillantes et toujours victorieuses , n'en furent pas moins plus fatales aux assiégés qu'à l'ennemi; elles réduisaient la petite troupe du comte, tandis que les nombreux prisonniers dont on s'était rendu maître , consommaient une partie du peu de vivres que l'on avait eu le temps de se procurer avant l'invasion. Ces petits succès entraient dans les vues de Conrad. Il espérait que la faim et la soif ébranleraient la fidélité de la garnison , qui serait trop heureuse de lui livrer l'objet infortuné de sa vengeance pour échapper à la mort. Il ordonna,

en conséquence, de rompre les aque-
ducs qui aboutissaient au château, de
lancer des flèches enflammées pour
incendier les greniers, et de diriger
les balistes (1) contre les bâtiments
supérieurs.

Bientôt d'épouvantables flammes
s'élevèrent de Hochfurt, et s'alimen-
tant de tout ce qu'il y avait de com-
bustible, éclairèrent de leur affreuse
lumière la contrée pendant plusieurs
nuits consécutives. Le grain embrasé
que soulevaient et que poussaient les
vents, tombait en pluie de feu au-
delà des lignes impériales, d'où la
soldatesque, jouissant de ce spectacle désastreux, faisait entendre
les cris d'une allégresse féroce. La

(1) Machines de siége qui servaient à lancer des pierres et des quartiers de rochers
d'une grosseur énorme.

cime des tours, les bâtiments s'é-
croulantavec un horrible fracas, ense-
velissaient sous leurs décombres tout
ce que les assiégés avaient péniblement
soustrait à la fureur de l'incendie.
Bientôt la faim et la soif également
pressantes, prescrivirent des moyens
extrêmes ; les cadavres gisants des
chevaux et du bétail furent dévorés;
les sucs extraits d'une chair à moitié
putréfiée remplacèrent l'eau. Bientôt
la dernière ressource de la misère,
le sommeil s'enfuit de ce lieu désolé.
Constamment harcelés, constamment
en alerte, les assiégés ne purent plus
goûter un seul instant de repos. Tant
de souffrances accumulées éclaircis-
saient à chaque instant les rangs de ces
intrépides défenseurs ; les créneaux
n'étaient plus qu'à moitié garnis. Les
prisonniers, traités humainement, paraissaient émerveillés du dévouement

héroïque de cette poignée de braves. Ils offrirent volontairement de partager le danger, et jurèrent, sur la croix, d'être fidèles et de mourir à leur poste. Mais à peine ces perfides furent-ils armés, qu'ils se ruèrent sur la trop crédule garnison; une affreuse boucherie vint compléter la scène d'horreur qu'offrait ce sinistre théâtre. Cependant la cause de la loyauté l'emporta, la mort fit justice des parjures; mais comme une partie des vainqueurs avait succombé dans ce funeste engagement, il fallut renoncer à la défense des murailles qui, égalant le granit en solidité, avaient résisté à toutes les machines des Impériaux.

Conrad, voyant les murailles dégarnies, ordonna l'assaut et fit pleuvoir sur les assiégés une quantité *de cornets* de résine flamboyante. Les in-

fortunés proscrits, suivis du comte et
de sa jeune épouse, Herberge, qui
portait dans son sein le premier gage
de la plus tendre union, se réfugiè-
rent dans une cave profonde à l'abri
du feu, et dont l'entrée était pour-
vue d'une massive porte de fer. Quelle
triste situation!... Nul autre espoir
que celui de mourir de faim ou d'être
égorgé! et cependant on voyait, à la
lueur vacillante des flambeaux, régner
sur les visages le calme de la résigna-
tion et d'une résolution inflexible. Le
comte seul paraissait dans un état
d'exaltation extraordinaire; il fixait,
sur sa femme, sur ses compagnons de
misère, des regards où se peignaient
à la fois l'horreur et la tendresse.
« C'en est trop! » s'écria-t-il; « je ne
» souffrirai point que vous partagiez
» l'inévitable sort qui m'est réservé!
» Chers et fidèles amis, ajouta-t-il avec

» véhémence, sauvez-vous, sauvez ma
» femme ; ne l'abandonnez pas ; je la
» confie à vos soins. Garrottez-moi, li-
» vrez-moi à Conrad, vous aurez la vie
» sauve, vous rentrerez dans le monde,
» vous y retrouverez le bonheur. Quant
» à moi, j'ai vécu, je ne regrette point
» la vie, je bénis même mon funeste
» sort, car il m'a procuré le premier
» des biens. J'ai découvert, sous les
» décombres fumants de ce château,
» un inestimable trésor, des amis tels
» qu'aucun homme ne peut se glori-
» fier d'en avoir possédé jamais ! » A
ces mots, Herberge pousse un cri
déchirant ; les hommes d'armes, pour
la première fois, font entendre un
sourd murmure. « Non, non ; je veux
» partager ton destin, » sanglotte la malheureuse femme. « Amis, chers amis,
» immolez-nous tous les deux ; réu-
» nissez-nous dans la mort ; présen-

» tez nos corps palpitants à Conrad ;
» qu'il se repaisse de ce spectacle ;
» qu'il m'arrache les entrailles ; qu'il
» s'assure qu'il a détruit l'arbre avec
» son fruit, sa rage se calmera alors,
» et vous obtiendrez grâce à ses yeux.
» Non, non, » s'écrient les guerriers
pénétrés d'horreur, « puisqu'il ne reste
» plus qu'à mourir, nous mourrons
» tous, et nos derniers instants se-
» ront employés à soulager, au moins,
» votre agonie. Vous vivrez, » s'écrie
Freydank, l'écuyer chéri du comte ;
«voici des instruments de salut ! Que
» n'y songeai-je plutôt ! » Il montre des
leviers, des pelles, des pioches, dont
il s'est muni. « Je connais, ajouta-
» t-il, la situation des lieux. L'an-
» cien aqueduc qui, vous le savez,
» aboutit au ravin creusé par le tor-
» rent, correspond à cette profonde
» cave qui servait jadis de citerne. Il

I.   I.

» n'a sans doute été bouché qu'à peu
» de profondeur ; nous en retrouve-
» rons l'embouchure en abattant cette
» muraille. La voûte qui la ferme n'a,
» à la vérité, pas plus de deux pieds
» de haut sur autant de large ; mais
» elle paraît solide ; toute voie, quelle
» qu'en soit la nature, qui conduit à
» la liberté, est préférable au chemin
» le plus commode qui conduit à
» la perdition. On s'y glisse fort pro-
» prement, mon père, » dit le fils
de Freydank, enfant de quinze ans
et page de la comtesse ; « oui, il est
» facile d'y ramper ; j'en ai fait plus
» d'une fois l'essai pour voir ce qu'il
» y avait dedans, mais je n'y ai rien
» trouvé ; mes compagnons avaient
» peur ; mais moi ! bah !... Ma pauvre
» mère me grondait bien un peu pour
» avoir sali ma souquenille et mes ge-
» noux, voilà tout ! Cette bonne mère !

»Ah ! elle n'aurait pas abandonné
»Herberge comme ces sottes suivan-
»tes, qui tremblaient de je ne sais
»quoi... A l'ouvrage ! A l'ouvrage !
»camarades ,» crie le vieux Freydank
en s'armant d'un levier; leurs efforts furent couronnés d'un plein
succès ; on abattit une partie de la
muraille, et l'on découvrit une ma-
çonnerie qui dessinait l'embouchure
de l'aqueduc; elle n'était obstruée
que par quelques décombres, qui furent bientôt déblayées.

L'aqueduc, comme on vient de
le dire, aboutissait au dehors à un
ravin situé à plus de trois cents pas
du fort, et dépassait la ligne de cir-
convallation de l'ennemi. Ce ravin était
très profond , mais presque toujours
à sec pendant la belle saison. « Va
»reconnaître les lieux ,» dit le vieux
Freydank à son fils. L'enfant, aussi

souple qu'un serpent, se glisse sous
la voûte, et revient au bout d'un quart
d'heure. « Tout va bien, rapporte-t-il,
» l'aqueduc est charmant, il est tout
» à sec ; j'ai bien eu quelque peine à
» sortir, car l'entrée était bouchée de
» gravier. C'est nous autres enfants
» qui avions fait ce bel ouvrage. —
» Bravo ! dit le vieux Freydank ; l'en-
» nemi n'a pu se douter de rien et
» ne trouvera pas la piste. Comment
» as-tu fait pour sortir, et qu'as-tu vu ?
» — Pour sortir, répondit l'enfant, je
» me suis servi de mes mains, comme
» une taupe, et puis je n'ai rien vu.
» Tout est tranquille dans le ravin ;
» mais j'ai entendu un grand fracas
» du côté des murailles. — C'est bon,
» Robert, dit le père, tu es un bon
» enfant. Noble dame, s'adressant à
» Herberge, armez-vous de courage,
» et montrez-nous la voie du salut ;

»votre présence nous portera bon-
»heur. »

Les nobles châtelaines, dans ces
temps reculés, étaient douées d'une
énergie extraordinaire, qu'elles em-
pruntaient des fortes émotions auxquelles les exposait sans cesse un état
d'hostilités presque permanent, et qui
finissait par leur communiquer une
intrépidité au-dessus de leur sexe.
Herberge s'agenouille, fait dévotement le signe de la croix, et se met
à ramper hardiment. « A vous, sei-
»gneur, dit Freydank au comte. —
»Après vous, mes braves; je ne son-
»gerai à ma propre conservation que
»lorsque la vôtre sera assurée : c'est
» au berger à veiller sur le troupeau
» confié à ses soins. — C'est au chef à
» conduire sa troupe en avant! s'écria-
»t-on d'une commune voix; nous
» sommes habitués à vous suivre. —

» Mon époux! » crie une voix souterraine à laquelle l'amour semble avoir prêté sa toute-puissance. Cette touchante voix l'emporte ; le comte suit ; il atteint son épouse ; il distingue bientôt, à quelque distance derrière lui, quelqu'un ramper à son tour, et son cœur s'en réjouit ; mais d'horribles clameurs, partant de l'intérieur du fort, lui font comprendre que le moment est décisif. Grosse depuis quelques lunes seulement, Herberge tire de nouvelles forces de son état ; elle montre à son époux la voie du salut ; elle porte au même but le doux fruit de son amour ; elle entend sa voix rassurante, son souffle elle voudrait lui serrer la main ; l'étroit espace ne le permet pas ; mais elle avance avec rapidité ; elle craint de retarder la marche ; bientôt elle entrevoit une faible lueur ; elle re-

double d'efforts, et la vue de la voûte
éthérée, un air pur raniment ses
forces épuisées. Elle est sur son
séant; elle tend la main à son bien-
aimé...; ils sont sauvés!... Le comte
attend ses braves; il voit paraître le
fils de Freydank, muni d'un sac et
d'une arbalète, qui s'échappe en gé-
missant du souterrain, et qui s'em-
presse aussitôt d'en reboucher l'entrée. « Que fais-tu, malheureux? lui
dit le comte. — C'en est fait, répond
Robert, ils vous ont trompé; ils ne
viendront pas! Va, m'a dit mon père,
sois toujours brave; prends ce sac;
il contient deux pains que j'ai con-
servés pour mes maîtres; prends
cette arbalète et ces flèches; tu tires
adroitement, tu trouveras du gibier dans la grande forêt. Suis-les
comme leur ombre; sois toujours prêt
à mourir pour leur sûreté, et fais-leur

nos éternels adieux. Alors un grand
bruit s'est fait entendre dans la cour
d'en haut ; mon père m'a embrassé ;
mon cœur se serrait. Va, m'a-t-il dit,
hâte-toi ; rebouche l'aqueduc. Que
Dieu vous conduise tous. Je te bénis !
Et il m'a imposé sa main de fer sur la
tête, m'a poussé sous la voûte, et me
voilà bien triste. — Dieu tout-puis-
sant ! crie le comte d'une voix épouvantable, à moi, Impériaux ! saisis-
sez-moi ! Lâchez-moi ; que l'empereur épuise sur moi toutes ses tor-
tures ! Impériaux, épargnez des in-
nocents ! épargnez des braves !.... »

L'enfant n'avait que trop fidèle-
ment dit. Le cri de victoire des Impériaux, qui avaient escaladé les
murailles et pénétré dans le fort,
fit comprendre aux guerriers que
la retraite de tous était devenue
impossible, qu'elle serait infailli-

blement découverte , et qu'il fallait
des victimes dévouées pour sauver les
époux et quelques uns d'entre eux.
Freydank , après avoir donné à son
fils les instructions que nous venons
de rapporter, s'adressant à ses camarades , leur dit : « L'ennemi va péné-
» trer jusqu'à nous ; si nous nous sau-
» vons , on nous poursuivra , et nous
» n'en périrons pas moins. Que ceux
» qui veulent tenter leur salut par la
» fuite, et exposer les jours de maîtres
àchéris , se hâtent de gagner l'issue ,
» afin que ceux qui resteront puissent
» effacer en toute hâte les traces de
» l'évasion. » Personne ne bougea ,
un silence dédaigneux fut la seule
réponse qu'il reçut. « Pardon , par-
» don, mes chers camarades , ajouta
» Freydank , j'ai eu tort de douter de
» vos sentiments; oui, je le vois, vous
» partagez les miens ; vous êtes tous

» prêts à mourir pour protéger la re-
» traite du plus brave et du plus loyal
» chevalier de l'Allemagne. — Tous !
» oui, tous ! » On se mit aussitôt à
l'ouvrage ; on démolit le haut de la
muraille et une partie de la voûte de
la cave, au-dessus de l'issue, et les
débris furent entassés devant l'aqueduc. Le tout fut si artistement ar-
rangé, qu'il était impossible à l'œil le
plus exercé de se douter que l'amon-
cellement fût autre chose que le résultat d'écroulements accidentels. Les
leviers, pioches, pelles furent aussi
soigneusement enfouis. Tout étant
disposé, les guerriers, l'épée au poing,
attendirent l'évènement. Ils se disaient en riant les uns aux autres :
« Je voudrais, par curiosité seule-
» ment, me survivre quelques minu-
» tes, pour jouir de la rage et du dés-
» appointement de ce fameux faiseur

»de bractéates (1), lorsqu'après avoir
»fait examiner nos cadavres par ses
»bourreaux, on lui rapportera que
»l'oiseau s'est envolé. »

Poussés par la soif du sang, les féroces satellites de Conrad eurent bientôt découvert l'asile des guerriers dévoués, et la porte de fer, quoique
fortement barricadée, céda facilement
aux efforts du bélier.

« Qu'ils mettent bas les armes ! fit
»signifier Conrad aux Hochfurtois im-
»mobiles, qui, visière levée, bravaient
»les traits que les arbalétriers se prépa-
»raient à leur décocher ; qu'ils li-
»vrent leurs chefs, et se retirent en
»paix. »

« Demandez nos armes à vos bour-

(1) Monnaie de fer-blanc, mise en circu-
lation par l'empereur Conrad. On l'appelait
souvent par dérision, *le héros de la bractéate.*

» reaux, à Dieu qu'il vous rende notre
» maître, répondit Freydank.

— »Je sais qu'il est parmi vous, répliqua l'empereur.

— » Qu'il vienne l'y chercher lui-
» même, s'écrièrent dérisoirement les
» Hochfurtois, cela lui épargnera le
» denier de la trouvaille!

— » Pauvres malheureux, dit l'em-
» pereur, ils ne savent plus ce qu'ils di-
» sent; le désespoir les exaspère. —Sei-
» gneur, dit le chambellan de Fich-
» tenstein, faites-leur distribuer des
» vivres, pour qu'ils se restaurent et
» reprennent goût à la vie.

» C'est inutile, nobles chevaliers,
» s'écria Freydank; l'espoir de pro-
» longer leur vie ne saurait corrompre
» des hommes qui savent se rendre la
» mort douce.

— » Tremblez de lasser la patience
» de mon très gracieux souverain, s'é-

» cria à son tour le triomphant Héro
» de Radeborn. Livrez le perturbateur,
» pour qu'il subisse la punition de ses
» forfaits , et vous obtiendrez en re-
» tour la propriété du terrain que vos
» pères , accouplés au bétail , étaient
» forcés de labourer.

—» Vil dénonciateur, repartit Frey-
» dank, profite pour toi-même du prix
» d'un sang généreux , et tâche de
» noyer, dans les jouissances du crime,
» les remords vengeurs de ta con-
» science. Quant à nous, nous n'avons
» pas besoin de tes exécrables conseils ,
» pour augmenter en nous le dégoût
» de la vie.

— « A quoi tend tout ce verbiage ?
» reprit Conrad furieux ; est-ce à la
» majesté du trône à discuter avec des
» malfaiteurs ? Voici mon dernier mot :
» Où est Léopold ? Point de réponse ?
» Que le glaive l'arrache ! »

Il s'enveloppa dans son manteau de pourpre, et donna le signal de l'attaque.

De même que des limiers en laisse, lâchés par le veneur, se précipitent, gueule béante, sur les habitants des bois pourchassés dans les toiles, les sanguinaires exécuteurs du pouvoir pénétrèrent dans la cave. Ecrasés par le nombre, les Hochfurtois furent tous hachés en pièces, et leurs cadavres jetés aux pieds de Conrad. Radeborn les examina chacun séparément, pour se convaincre de la mort de son ennemi; mais ce fut vainement; ses regards avides n'en obtinrent point la conviction rassurante. La cave était vide, tous les recoins du fort avaient été fouillés, sans qu'aucun indice attestât l'existence ou le trépas du comte. Alors l'empereur, exaspéré de colère, mit à prix la tête du chevalier, et promit 10 liv. de deniers de fer-blanc, à quiconque le livrerait mort ou vif. Ses armes furent brisées par la main du bourreau; un moine fut appelé pour maudire l'emplacement du fort, et demander à Dieu qu'il restât désolé et désert aussi long-temps que la croix du Christ serait un objet de vénération pour les hommes. L'empereur fit élever des roues et des gibets devant le réduit fatal, et y fit clouer les cadavres des guerriers morts en le défendant. Mais le grand-chambellan Wichmann de Fichtenstein murmurait : « Tant de fidélité, tant de dévouement, et pas même une honorable sépulture ! » Conrad le réprimanda sévèrement, et lui dit : « Il n'y a qu'un allié du perturbateur qui puisse se permettre de me blâmer. » Il donna au dénonciateur Radeborn l'investiture des biens de l'infortuné proscrit.

Les effrayants éclats de la voix de

Léopold, à l'instant où il venait d'apprendre de la bouche du fils de Freydank la résolution de ses serviteurs, et la crainte que son appel ne parvînt jusqu'à l'ennemi, avaient rempli le cœur de Herberge des plus cruelles alarmes; mais elle puisa dans son angoisse même une force surnaturelle. De sa main gauche, de cette main délicate qui avait si souvent caressé les joues brunies du guerrier, elle lui ferme la bouche; de sa droite elle l'étreint et l'entraîne loin du théâtre de sa ruine. De si grands efforts n'auraient pu se soutenir. Heureusement que le comte, par la violence même de ses sentiments, était tombé dans un état de stupeur qui ne lui laissait plus d'autre faculté que celle de se mouvoir. Semblable à un automate, il suivait machinalement l'impulsion du bras protecteur qui le guidait. A

quelques portées de trait du point de
départ, le ravin débouchait dans un
marais couvert de buissons et formant
la lisière assez large d'une immense
et ténébreuse forêt. Le jeune Robert,
qui connaissait parfaitement les lieux,
avait pris l'avance : il réglait la marche,
et se permettait, avec cette colère
naïve qui caractérise le jeune âge, de
sanglants sarcasmes contre le persé-
cuteur de ses maîtres. A ses yeux,
« l'empereur était un maniaque,
» un fou à lier. Il forçait d'hon-
» nêtes gens à errer dans le désert,
» comme les mauvais esprits, et à
» goûter peut-être de la gamelle du
» malin. » Herberge vint à peine à
bout de calmer l'indignation de l'innocence. On franchit heureusement
le marais, et l'on pénétra dans la
profondeur de la forêt, où les voûtes
verdoyantes et touffues que formait le

feuillage des chênes séculaires, ne
laissaient pénétrer qu'une mystérieuse
clarté, tandis que les troncs rappro-
chés formaient une muraille contre
les regards. Là, Herberge crut pouvoir, sans danger, goûter quelques
instants de repos. Des champignons
de bonne espèce servirent à rafraîchir
le palais desséché des fugitifs. Le
comte était plongé dans un état de
délire qui lui offrait l'espoir de pres-
ser bientôt sur son cœur les héros
auxquels il devait son salut ; mais
lorsque le jour toucha à sa fin, lorsque la fraîcheur toujours croissante
lui eut rendu peu à peu l'usage de ses
facultés, il déplora amèrement la
perte de ses fidèles serviteurs : ses
plaintes, ses imprécations contre
l'empereur, se mêlèrent aux hurlements des hôtes sauvages de ces lieux.
Heureuse de reconnaître les signes

de la raison renaissante, Herberge,
loin de calmer les emportements de
son époux, ne chercha qu'à en augmenter l'énergie. Elle savait que le
calme succède à l'orage ; que la ré-
signation suit le désespoir. Cette excellente femme, qui, si jeune encore,
était appelée à faire preuve des vertus
que l'adversité fait naître dans les
grands cœurs, surmontant les douleurs cuisantes qu'elle éprouvait à
chaque pas, donna le signal du départ, et entraîna, pendant plusieurs
heures, ses compagnons d'infortune
à travers la sombre Thébaïde qui
les entourait. La lune, qui perçait
de temps en temps l'épaisseur du
feuillage, guidait ses pas. Enfin,
épuisée par des efforts trop long-
temps soutenus, elle céda aux sol-
licitations de son époux, dans le
cœur ulcéré duquel l'admiration

et la sollicitude qu'elle inspirait, avait versé un baume salutaire : elle consentit enfin à prendre quelque repos.

Un épais brouillard remplissait l'immense forêt, au moment où les fugitifs quittèrent leur lit de feuillage ; le soleil levant vint bientôt éclairer leurs visages pâles, où se peignait la souffrance ; mais aucun d'eux n'articula la moindre plainte. Une faim pressante les invita à prendre leur premier repas. Du pain noir aussi dur que la pierre leur parut un mets exquis ; les gouttes de la rosée découlant des feuilles en firent l'assaisonnement. Tout ranimé par cette grossière nourriture, Robert oublia complètement ses chagrins, et se mit à entonner son hymne matinal, sans songer ni au passé ni à l'avenir. La gaieté de l'adolescent, la fermeté de

sa voix, les motifs de consolation que
sa naïveté lui inspirait, éclaircirent
l'humeur et les yeux du comte; il
apprit à apprécier ce que le sort lui
avait conservé dans son malheur :
une femme fidèle, un jeune serviteur
plein de zèle et de dévouement, enfin
la liberté et l'espérance. « Mes amis,
» s'écria-t-il d'une voix à la vérité en-
» core tremblante, mes amis sont
» dans le sein de Dieu ; ils sont à
» l'abri des coups du sort. Peut-être
» aussi Conrad, oubliant pour quel-
» ques instants qu'il est empereur, se
» sera-t-il ressouvenu qu'il est homme:
» l'amour de ses semblables ne peut
» s'éteindre dans aucun cœur. » For-
tifié par ces réflexions, il s'élance de
sa place, il soulève son Herberge, et,
malgré sa résistance, la place sur son
dos, et avance avec vigueur. Léopold
succombait-il à la fatigue, c'était son

épouse qui le soutenait ; chancelait-
elle, l'époux rassemblait toutes ses
forces pour reprendre un si cher fardeau. Cependant Robert, doué d'une
force extraordinaire pour son âge,
conçut un projet qu'il s'empressa de
mettre à exécution à la première
halte. Avec deux fortes perches qu'il
entrelaça de branches flexibles, il
construisit une espèce de brancard
assez solide pour que la comtesse pût
s'y placer commodément. C'est ainsi
qu'ils transportèrent Herberge pendant tout le temps qu'ils cheminèrent.
Comme on n'avait plus rien à craindre
de l'ennemi, on avançait lentement.
Les deux pains une fois consommés,
il fallut songer à se procurer des
vivres. Avec de l'agaric, un caillou et
le poignard de Léopold, on obtint du
feu qui servit à faire griller des glands,
sécher de bons champignons, et rôtir

les pièces de gibier que procurait l'arbalète de Robert. On s'arrêtait près d'une source ou d'un ruisseau ; les repas étaient assaisonnés par la gaieté; on vantait les avantages de la solitude, et l'on se plaisait à commenter de mille manières ces paroles pleines de sens : «que c'est au milieu des »forêts que la bonne mère nature se »plaît à réchauffer ses enfants sur son »cœur, tandis qu'elle n'offre aux habitants des villes que la queue traînante de son vêtement pour couverture. » La nuit se passait sur une mousse tendre, auprès d'un feu pétillant.

Le voyage avait déjà duré quinze jours, et l'on se trouvait à une distance d'environ quarante lieues de Hochfurt, lorsqu'après avoir remonté pendant quelque temps un large ruisseau, on en découvrit la source, qui s'échappait du pied d'une montagne très boisée. C'est là que les fugitifs résolurent de fixer leur résidence. Le surbaissement d'un rocher pouvait les mettre à l'abri des âpres vents du nord ; de jeunes sapins étaient disposés de manière à leur offrir des pieux tout prêts à être entrelacés de branches propres à former une cabane solide ; les bords du ruisseau étaient couverts de roseaux dont on forma un toit ainsi que des nattes ; des arbres fruitiers sauvages couvraient les flancs de la montagne, chargés de fruits ; des essaims d'abeilles bourdonnant près des troncs, décelaient elles-mêmes le lieu où leur trésor était caché ; des glands, de la semence de fau pouvaient être convertis en pain ; le ruisseau était poissonneux, et vers la soirée, des troupeaux de chevreuils et d'élans vinrent se désaltérer au bassin de la source. Rien ne manquait aux nouveaux ermites, pourvu que la modération devînt leur compagne. Douce consolatrice de ceux qu'a éprouvés la souffrance, elle les avait suivis dans leur exil ; elle leur fit sentir que l'on est souvent trop heureux de pouvoir se procurer les premiers besoins. Le travail, son frère, qui fuit la mollesse et l'intempérance, vint se joindre à elle pour leur procurer le premier des biens, le contentement de soi-même.

La fin de l'été et l'automne furent employés à se prémunir contre les rigueurs de l'hiver. Robert, en sa qualité de pourvoyeur, chassait, pêchait, préparait du charbon, et apprivoisait quelques bêtes fauves qu'il avait prises au piége. Léopold, après avoir construit la nouvelle habitation, s'occupait à fabriquer des corbeilles et

des ustensiles de ménage ; il creusait
des blocs de bois et en façonnait
des ruches, qu'il parvint à peupler d'a-
beilles en bouchant leurs anciennes
demeures. Herberge faisait sécher des
poissons, des laies, des fruits, torré-
fier des glands et de la semence de
fau, dont elle préparait une espèce
de gâteau ; elle s'était emparée de
l'intérieur du ménage, dont elle soignait tous les détails. Toujours gaie,
agissante, constamment prévenante,
elle assaisonnait les repas de sa bonne
humeur, en sorte que ses aides ne
cessaient de la louer du degré de per-
fection auquel elle avait su porter
l'art culinaire.

L'hiver arriva, et force fut à nos
ermites de rester souvent des semaines entières étroitement confinés
dans leur cellule, sans que, toutefois,
l'accablant ennui y pût établir son

domicile. Herberge préparait avec la dépouille de bêtes fauves des habillements pour la famille ; Léopold et Robert en confectionnaient des chaussures. Des entretiens agréables, des projets d'amélioration pour augmenter leur bien-être, charmaient la longueur du temps. Souvent les reclus, mariant leurs voix, s'attendrissaient n entonnant des complaintes qui dépeignaient des infortunes encore plus déplorables que les leurs. L'espérance dissipait les sombres nuages qui souvent venaient obscurcir à leurs yeux l'horizon de la vie, et la source des félicités leur offrait, dans les filets limpides qui en découlaient de toutes parts, une foule de jouissances nouvelles ; car déjà l'intéressante Herberge s'arrondissait visiblement, et Léopold, ravi, voyait s'approcher le fortuné moment où amour, mineur

très expert, allait l'enrichir du trésor de sa mine féconde.

Le soleil se préparait à visiter les
domaines du Bélier, lorsque certains
signes précurseurs avertirent la noble
Herberge qu'elle allait présenter un
nouvel hôte à l'ermitage de la Source.
Pour éloigner le jeune Robert de la
cabane pendant le moment décisif,
Léopold l'invita à se transporter dans
une partie lointaine de la forêt où se
trouvait de la mousse en abondance,
et à en apporter une charge pour
une femelle d'élan apprivoisée, qui
venait de mettre bas. Robert fit aussitôt ses préparatifs de voyage; il
remplit sa gibecière d'une bonne provision de vivres et d'une gourde d'hydromel (1). Cette excursion devait

(1) Boisson fermentée et composée de
miel et d'eau.

l'occuper jusqu'à la nuit; il se mit
gaiement en route. Souvent il avait
désiré pouvoir offrir pour couverture
à celle qu'il n'appelait plus que *son*
excellente mère, la peau bien fournie
d'un des ours monstrueux qui peu-
plaient la forêt; mais Léopold, qui
connaissait l'esprit aventureux de son
enfant adoptif, et qui craignait le dénouement d'une lutte par trop iné-
gale, lui avait sévèrement défendu
de s'attaquer en aucune manière, et
sans permission, à un ennemi aussi
formidable, en sorte qu'il s'était établi
comme une espèce de familiarité entre
Robert et ces animaux. Ils le laissaient passer tranquillement (1), et
Robert ne manquait jamais de grati-

(1) Tout le monde sait que l'ours n'attaque l'homme que lorsqu'il est irrité ou pressé
par la faim.

fier d'un salut gracieux chacun de
ceux qu'il rencontrait. Mais il avait,
depuis peu, essuyé, de la part d'un
de ces messieurs, un acte d'injustice
qu'il ne pouvait oublier, et dont il
avait résolu de tirer vengeance sur le
premier malencontreux qui se trou-
verait à sa portée, espérant que la
fourrure, trophée de sa victoire, et
l'excellent régal que procureraient les
pattes de l'ennemi, désarmeraient le
comte, et qu'il en obtiendrait facilement son pardon. Voici ce qui avait
donné lieu à ce projet d'hostilités
conçu par Robert. Un jour qu'il avait,
d'un coup de flèche, blessé à mort
un superbe chevreuil, un ours monstrueux lui avait indignement dérobé
le fruit de son adresse, et avait
disparu. Robert, frustré si perfi-
dement de l'excellent rôt dont il
comptait garnir l'ermitage, avait juré

de faire rendre gorge à cette race spoliatrice. En conséquence, jugeant l'occasion favorable et comptant sur son adresse, il venait de se munir de deux fortes flèches qu'il avait fabriquées avec le plus grand soin ; et, pour surcroît de sûreté , il s'était armé de la bonne épée de Léopold, ainsi que d'un poignard court et affilé qu'il portait habituellement. Plein de confiance en la supériorité de ses armes offensives, l'œil aux aguets et cheminant vers sa destination, il se disait : « Ce serait bien jouer de malheur que de ne pas rencontrer un « de ces moines bruns de la forêt. » Que le premier que j'apercevrai » prenne garde à lui... Je le détrous- » serai, le coquin... Il faut qu'il m'a- » bandonne froc et capuce... Je lui » enlèverai jusqu'à la graisse... Cela » peut faire du bien à ma mère...

»Mon père a beau dire qu'elle n'a
»rien, moi je dis qu'elle a quelque
»chose... Oui, j'en suis sûr, c'est
»quelque mauvaise maladie; ou je ne
»m'y connais pas, ou cette enflure
»qui la rend si difforme ne signifie
»rien de bon.»

Déjà parvenu presque au terme de
sa course, Robert traversait légèrement une clairière étroite, quand il
entendit à l'extrémité un murmure
sourd partant du bois. Son cœur en
bondit de joie; il prépare son arbalète, s'approche lestement, prend
poste et voit bientôt paraître un ours
colossal qui s'acheminait lentement
de son côté. Le hardi chasseur ajuste
son arme; mais, tout en visant, il
remarque que son adversaire boite,
qu'il est blessé à la jointure d'une des
pattes de devant. Aussitôt il se ra-
vise, détourne son arbalète et s'écrie:

« Non, non, je n'en ferai rien; il se-
» rait infâme à moi d'achever un pau-
» vre diable souffrant. Puisque tu es
» blessé, révérend frère, passe tran-
» quillement ton chemin, va te faire
» guérir ; nous pourrons bien nous
» mesurer une autre fois. » L'ours, irrité par sa blessure, qui, d'ailleurs,
n'avait point étudié le *Miroir de la*
vertu (1), et qui, par conséquent,
ne possédait pas la moindre teinte de
la civilisation chevaleresque, démê-
lant le son d'une voix humaine, ne
consulte que la fureur dont il est
animé contre les enfants d'Adam ;
il pousse un affreux rugissement en
guise de cartel, opère un demi-
tour à droite, et fond sur le faible
ennemi qu'il se propose de dépe-
cer. Robert, étonné de la brutalité

(1) Un des romans de l'auteur.

du monstre, reprend son attitude of-
fensive ; il lui adresse cependant encore quelques paroles conciliatrices.
« Vieil insensé! lui dit-il, prends
» donc conseil de la prudence, passe
» ton chemin; je te tiens sous mon
» doigt, mon arbalète est terriblement
» raide, et n'a jamais manqué le
» but. » Au lieu de l'écouter, l'ours,
qui n'est plus qu'à dix pas, se dresse
sur ses pattes de derrière, signe
non équivoque de ses mauvaises in-
tentions. « Puisque tu le veux abso-
» lument, attrape!... » Il dit, le trait
vole, et l'animal, percé de part en
part, se renverse en poussant d'affreux rugissements. Robert, pour ter-
miner l'agonie, lui plonge son épée
dans le cœur. Mécontent d'une victoire qui lui paraissait par trop facile, le jeune et vaillant chasseur se
mit pourtant en devoir de profiter

de la dépouille du vaincu; tout en
s'occupant de cette besogne, il se demandait quelle pouvait être la main
qui avait frappé les premiers coups.

Or, voici ce qui en était. L'empereur Conrad chassait depuis quelques jours dans cette région de l'immense forêt que Robert avait été
appelé à visiter. L'ours en question,
blessé de grand matin d'un trait
parti de la main du prince, était
cependant parvenu à s'échapper,
et avait fort malmené les chiens
qu'on avait lancés à ses trous-
ses. Conrad lui-même, poussé par
l'ardeur de la chasse, était descendu
de cheval à l'insu de sa suite, et s'é-
tait aventuré dans l'épaisseur du bois
à la poursuite de l'animal dont le
sang marquait la trace; mais comme
les chiens blessés par l'ours avaient
aussi coloré la mousse de leur sang,

il en résulta que l'empereur, trompé par ces faux indices, avait perdu un temps considérable et se trouvait très éloigné des siens. Fatigué d'une recherche inutile, il voulut regagner l'endroit où il avait attaché son cheval; mais il se trompa encore, prit une fausse direction; et comme le ciel était chargé de sombres nuages, qui ne lui permettaient pas de reconnaître l'élévation du soleil, il finit par s'égarer complètement.

Plus il se hâtait de suivre la ligne qui lui paraissait la plus directe, plus il s'écartait du but; c'est ce que lui confirma la situation d'une clairière qu'il venait d'atteindre. Alors il crut reconnaître, sur sa droite, la portion du bois qui avait facilité l'évasion de l'ours; il s'y enfonça et se vit bientôt comme pris au filet. D'épais buissons, à travers lesquels il se frayait péniblement un passage, se refermaient sur lui, ne lui laissant d'autre alternative que d'avancer, dans l'espoir de voir s'aplanir bientôt ces fatigants obstacles. Cependant, les entraves dont il était entouré ne faisaient que se resserrer de plus en plus. Rétrograder paraissait honteux à l'homme accoutumé à voir tout plier devant sa volonté. Bientôt il perdit sa barrette, abandonna sa pelisse en lambeaux, parcequ'elle s'accrochait aux branches. Haletant de fatigue, le visage et les mains en sang, il se défit de son épieu et de son épée, qui ne faisaient que l'embarrasser; il ne conserva que son poignard. Il se mit à appeler à grands cris, mais l'écho seul répondit à sa voix. A la fin, le fourré s'éclaircit peu à peu, mais il fut remplacé par des ronces rampantes qui n'offraient pas

de moindres difficultés. Il fallut que
Conrad sacrifiât ses bottines à bec,
armées d'éperons. En se baissant pour
s'en débarrasser, le poignard tomba
de sa ceinture, et lorsqu'il s'aperçut
que cette dernière arme lui manquait, il y avait impossibilité de la
retrouver.

Dépourvu de tout moyen de défense, le souverain conçut les plus
vives alarmes. Sans armes, harassé,
meurtri, il se voyait en quelque sorte
à la merci du premier ennemi qui
oserait l'attaquer. Les dangers auxquels le puissant empereur, entouré
de satellites dévoués, n'aurait pas
même accordé un seul instant de réflexion, se présentaient maintenant
comme une masse de vraisemblances
effrayantes à l'esprit de l'homme aban-
bonné à lui-même. Beaucoup des ar-
rêts sévères qui lui avaient paru éclai-

rés par le flambeau de la justice,
quand il les dictait du haut de
son trône, contractaient dans ce
désert sauvage une teinte sombre et
lugubre, qui imprimait à son âme
une indéfinissable terreur. Il commençait à comprendre que la clé-
mence est une vertu utile, que trop
de sévérité peut conduire à mal, et
que la représentation du lion, délivré
par la souris qu'il a épargnée, des filets où il s'est laissé prendre, serait
un tableau aussi digne de figurer dans
le cabinet d'un monarque, que celui
d'un Otanès, siégeant sur la peau
d'un père prévaricateur, dans une
salle de justice (1).

(1) Tout le monde sait que Cambyse, roi
de Perse, fit écorcher un juge qui s'était laissé
corrompre, et qu'il fit recouvrir de la peau
du supplicié le siége de son fils, qui le remplaça.

Accablé de ces idées, tourmenté de projets dont l'exécution aurait pu lui épargner un repentir tardif, qui ne faisait qu'aggraver ses angoisses, Conrad cheminait péniblement. L'appel qu'il aurait voulu adresser aux siens expirait dans sa bouche, car il craignait qu'il ne parvînt à une oreille ennemie. Enfin la voix de Robert, qui, tout en écorchant l'ours, avait entonné une chanson pour alléger ce travail inaccoutumé, arriva jusqu'à Conrad, qu'elle fit tressaillir d'espoir et de crainte. Suffisamment couvert par les arbres, il se glissa du côté d'où partaient les sons, dans le dessein d'observer le chanteur avant de se livrer à sa discrétion. Le costume sauvage de l'adolescent, couvert de peaux et de poussière de charbon; ses longs cheveux flottants, ses mains ensanglantées frappèrent l'empereur ; mais sa voix douce et sonore, l'expression innocente et joyeuse de sa figure détruisirent presque aussitôt l'impression peu favorable qu'avait produite le premier coup d'œil. Mourant de besoin, accablé de fatigue, et pressé par le désir de se rapprocher d'une créature humaine, Conrad, tapi derrière un gros chêne, se hasarda à crier : « Que Dieu te soit » en aide, mon garçon ! »

«—Grand merci ! » répliqua Robert en regardant du côté de l'empereur qu'il découvrit. « Tu arrives à point » nommé. Approche donc. Tiens-» moi cette patte ; ma besogne en ira » mieux. »

Conrad approcha, se prêta à ce qu'on lui demandait, et dit :

Votre maison est-elle près d'ici ?

ROBERT. Notre cabâne, veux-tu dire? Les habitants des forêts ne savent pas construire de maisons.

CONRAD. Tu demeures donc ici?

ROBERT. C'est-à-dire à trois bonnes lieues, au couchant.

CONRAD. Trois lieues? Moi qui n'en puis plus de fatigue!

ROBERT. Prends place. A quoi sert de rester debout, quand on ne peut plus se soutenir? Tiens, mange; voilà du miel aussi pur que l'ambre et du bon pain, si ce n'est qu'il est un peu amer; c'est pourquoi il faut le tremper dans le miel. N'est-ce pas que c'est bien bon? Mais d'où viens-tu comme cela, si misérablement accoutré? Pauvre malheureux! Te voilà pieds nus, ton pourpoint et tes hauts-de-chausses sont tout en lambeaux, et tes membres tout déchirés, comme si tu t'étais roulé sur des épines.

CONRAD. Je me suis égaré à la chasse.

ROBERT. Tu voulais donc attraper des ours à la main ? Tu as sans doute du sel à leur poser sur la queue ? Si tu en as, tu feras bien de m'en donner, car nous en manquons.

CONRAD. Qui donc ?

ROBERT. Et pardieu, moi, mon père, ma mère et notre vache à lait. Maintenant, accommode-toi de ces poissons secs, et goûte-moi de cet hydromel. Il vaut cent fois mieux que du vin... c'est-à-dire, que du vin que l'on n'a pas. Allons, je suis content de toi; tu manges et bois noblement. Aussi faut-il dire que ce que je t'offre n'est pas à dédaigner. Mais, mon Dieu, pauvre homme, tes pieds sont tout en sang. Les ronces ne t'ont point épargné; je vais y porter remède, t'enlever les épines avant que les plaies ne s'enveniment, et puis les frotter avec la graisse de ce grognard défunt. Allons, voilà qui va bien. Maintenant, prends ma chaussure ; moi, je puis bien m'en passer.

CONRAD. Qui sont tes parents ?

ROBERT. Belle demande vraiment ! Que sont-ils autre chose qu'un homme et une femme ?

CONRAD. Que font-ils ?

ROBERT. Ce qu'ils font ! ma foi, ils rient quand ils ne sont pas tristes.

CONRAD. A quoi s'occupent-ils ?

ROBERT. Quant à cela, ils travaillent de jour et dorment de nuit. C'est ce que tu fais aussi, je pense, à moins que tu ne sois quelque prince, et que tu ne t'amuses à ne rien faire du tout.

CONRAD. Tu me tutoies, sans savoir qui je suis.

ROBERT. Mais toi qui ne me connais pas mieux, tu m'as bien tutoyé le premier. Ce que je sais, c'est que tous les deux nous sommes de la même espèce, tu es un homme, je suis un homme, et nous sommes faits pour nous appeler *toi*. Qu'en dis-tu? Cela ne paraît pas te convenir? Tu n'aimes donc pas qu'on te tutoie?

CONRAD. Non.

ROBERT. Et pourquoi donc pas? Il me paraît que tu ne sais pas trop ce que tu veux. Mon père m'a raconté qu'il y avait une fois certain quidam qui n'aurait pas voulu pour tout au monde qu'on le comparât à quelqu'un; il ne buvait que dans un cratère (1) toujours fermé pour les autres, et jamais il ne se scrait servi d'un plat dont on aurait goûté; il poussait même l'orgueil

(1) Espèce de gobelet de l'époque qu'on fermait à clef, ou pour mieux dire avec une légère chaîne artistement arrangée.

si loin, qu'il aurait bien payé deux
mille florins d'or pour avoir le droit de
ne point être tutoyé. Dis-moi franche-
ment, serais-tu par hasard ce monstre?
Si vous l'êtes, lâchez-moi cette patte. Je
ne veux vous avoir aucune obligation,
et je ne veux rien avoir de commun
avec vous. Je ne saurais vous souffrir!
dites-moi aussi brièvement que possible ce que vous voulez, je le ferai si cela
dépend de moi pour me débarrasser au
plus tôt de votre présence. Mais si vous
n'êtes pas le monstre en question, je
n'ai rien dit, et je me promets même
de continuer à causer avec vous.

CONRAD. Je ne suis pas cet homme.

ROBERT. Tant mieux pour toi, attendu que...

CONRAD. De qui tiens-tu cette épée
de chevalier?

ROBERT. Ce n'est pas du boulanger
toujours; il serait difficile d'en four-

bir de semblable avec de la pâte. Mais
pour en revenir à notre homme, il
devait, ce me semble, mener une vie
bien misérable, de ne pas avoir la
moindre amitié pour ses frères et
sœurs; il devait être aussi froid que
l'acier. Il possédait quantité de fiefs,
mais pas un seul cœur; il se gorgait
de tout ce qu'il y avait de plus déli-
cat, il goûtait des meilleurs vins,
mais il n'avait personne pour rire
et pour trinquer avec lui; chacun ad-
mirait son dire et faire, obéissait à
son moindre geste, mais chacun était
heureux de pouvoir l'éviter. Ah! il
me semble que je vois ce déplorable
égoïste. Je me le représente grand,
blème et sec, comme qui dirait un
de ces poteaux de carrefour qui,
de leurs bras tendus, éconduisent
tous ceux qui les approchent. Mais
tu entendras bientôt ce qu'en dit

mon père , puisque tu veux que je te conduise chez nous.

CONRAD. Je te prie de m'y transporter.

ROBERT. Sur mon dos ? à la bonne heure , si tu ne peux plus marcher. Mais voyez donc ce maladroit! tiens-moi donc cette patte un peu mieux.

CONRAD. Pourrais-tu me conduire au monastère de Marienau.

ROBERT. Avec les yeux fermés.

CONRAD. Est-ce bien loin?

ROBERT. Sept à huit lieues au plus. Maintenant que la besogne est achevée , aide-moi à rouler cette peau, et partons. Mais que fais-tu donc ? tu répands cette bonne graisse , comme si tu ne savais pas qu'elle peut faire du bien. Ramasse-la-moi, et enveloppe-la proprement dans ta fraise. Ah! mon Dieu ! et moi qui allais oublier la mousse.

CONRAD. Brave garçon, conduis-moi de suite à votre cabane.

ROBERT. Mais mon père m'a dit d'apporter de la mousse.

CONRAD. Il ne savait pas que tu viendrais à me rencontrer.

ROBERT. C'est ce qui lui importe peu, je pense.

CONRAD. Mais puisque tu m'as rencontré, il est de ton devoir...

ROBERT. D'obéir à père et mère pour que je vive long-temps. — M'est avis, l'ami, que tu ne sais pas trop bien tes dix commandements. C'est ce qui m'a déjà passé par la tête lorsque mon tutoiement t'impatientait.

CONRAD. Pas tant de raisons, petit drôle ; je te commande, moi...

ROBERT. Voilà qui est singulier ! Eh quoi ! camarade, tu voudrais me commander ? Tu es un drôle de corps vraiment ! à peine si tu peux remuer

I. 3.

ton ombre, et tu veux faire le maître ?
Il me serait facile, à moi, de te châtier
d'importance et de te montrer que je
suis le plus fort, mais je n'en ferai
rien. Tu dois avoir reçu une bien
mauvaise éducation. Il paraît qu'on
faisait toutes tes fantaisies, et que tu
n'avais qu'à vouloir pour obtenir. Tu
ressembles, ma foi, à celui dont je t'ai
parlé. Mais tu vois maintenant toi-
même qu'on en est souvent la dupe
quand on est devenu vieux. Et si je te
laissais planté là? Mais non, sois sans
crainte. Tu tombes de sommeil, ce
qui fait que tu ne sais plus ce que tu
dis. Va te reposer sous ce chêne; aussi
bien tu ne peux m'accompagner.
J'aurai bientôt rempli mon sac, et je
reviens d'un saut. Fais un somme,
cela te rafraîchira le sang et tu en se-
ras plus frais et moins boudeur. Je
vais écarter cette charogne qui pour-

rait bien t'attirer la visite de quelque
bête féroce. Dans tous les cas, je te
laisse mon arbalète. A revoir.

Force fut à Conrad d'obéir à la nécessité ; un sommeil rafraîchissant lui
fit attendre sans ennui le retour de
l'adolescent, et comme ses forces se
trouvaient assez bien réparées, il se
sentit à peu près en état de le suivre.

Le soir invitait la terre à faire un
bon accueil à la nuit, lorsque Conrad
et son guide arrivèrent aux cabanes.
Robert heurta à la plus spacieuse plus
fort que de coutume, et dit joyeusement à Léopold qui lui recommandait
amicalement un peu plus de tranquillité : « Père, je vous apporte quan-
» tité de bonnes choses : de la mousse
» pour notre vache – élan , une peau
» d'ours bien tendre pour ma mère ,
» et pour toi un homme que j'ai trou-
» vé. Il me semble, à la vérité, un peu

» simple; il ne veut pas qu'on le tutoie,
» et il s'est avisé de me commander,
» quoiqu'il ne pût remuer ni *pied ni*
» *patte*. Dis-lui donc à ta manière
» qu'il se conduise autrement s'il veut
» vivre dans notre forêt. »

Le comte conçut des soupçons. Il
saisit un tison enflammé, l'approcha
du visage de l'étranger, et demeura
comme pétrifié et près de tomber en
faiblesse. Semblable au voyageur qui,
cheminant par une profonde nuit, se
trouve éclairé tout-à-coup par la lune
sortant d'un nuage, et découvre à
ses pieds une hyène endormie, dans
sa surprise il ne sait s'il doit fuir ou
profiter du moment pour frapper le
monstre. Le premier coup d'œil de
Léopold venait de lui faire reconnaître son mortel ennemi, qui lui-même
était en proie à la plus vive terreur à
l'aspect de la figure hideuse de son

hôte, laquelle, rougie par la clarté du
tison scintillant, semblait appartenir
à un des habitants fabuleux du Tar-
tare. Stupéfaits, ils se fixaient mu-
tuellement d'un air difficile à dépein-
dre, quand Robert, saisissant la main
de Léopold, lui dit avec l'accent de
la pitié : « Vois, mon père, comme
» les ronces l'ont abîmé ; le pauvre
» homme s'est fourvoyé à la chasse,
» il ne peut se traîner. Prends soin de
» lui, de grâce ; moi, je vais soigner
» notre vache-élan. »

Conrad demanda l'hospitalité d'une
voix faible et presque inintelligible.
Léopold le conduisit à la plus petite
des cabanes, y alluma du feu, et y
apporta tout ce que le ménage possédait de meilleur, puis il lui prépara
une couche composée de bruyère.
L'empereur mangea et but avec avi-
dité, mais ses regards ne rendirent

point grâces à son hôte ; il n'osait le
regarder en face. Cependant Robert
rentra, ce qui soulagea le cœur op-
pressé de Conrad ; le farouche silence
de Léopold lui paraissait annoncer
quelque projet sinistre. L'adolescent
demand a à voir sa bonne mère ;
mais Léopold murmura entre ses
dents : « Elle est malade, elle a be-
» soin de repos. »   Robert affligé lui
dit : « —Souhaite-lui de ma part une
» bonne nuit, un prompt rétablisse-
» ment, et fais-lui hommage de la peau
» d'ours. » Puis il s'étendit, le cœur
gros, sur les roseaux qui formaient
sa couche, et bientôt le sommeil
consolateur vint sécher ses yeux hu-
mides de larmes.

L'hôte, ainsi que son convive, ne
disaient mot. Le premier avait, à la
vérité, agi on ne peut plus hospita-
lièrement ; mais son extérieur formi-

dable imposait tellement à Conrad, qu'il n'osait ouvrir la bouche.
Quant à Léopold, revenu de sa première surprise, il avait pris son parti
et décidé en lui-même qu'il userait
du droit du plus fort qui se trouvait
maintenant de son côté, et qu'il ex-
terminerait le cruel despote que le
ciel avait livré entre ses mains, dès
qu'il aurait appris de sa bouche ce
qu'étaient devenus ses fidèles serviteurs. Mais le comte différait ce tra-
gique dénouement, craignant d'en-
tamer un sujet qui allait peut-être
rouvrir une blessure que l'espoir
avait presque cicatrisée. Horriblement
agité, il allait et venait tantôt de Herberge à Conrad, tantôt de celui-ci à
Herberge ; il cherchait vainement à
recouvrer le calme qu'une passion
aveugle bannissait de son cœur. Conrad se hasarda pourtant à lui de-

mander le motif de son agitation.
«Ma femme souffre les douleurs de
»l'enfantement, » répliqua-t-il avec
une extrême rudesse, en saisissant
une forte branche noueuse qui se trouvait sous sa main. L'expression terrible de cette voix fit tressaillir Conrad,
qui, se croyant menacé par le geste
équivoque qui l'accompagnait, se
pencha si précipitamment de côté
pour en éviter l'atteinte, qu'il en perdit
son aplomb et vint trébucher de son
siége sur Robert. Celui-ci, plongé
dans son premier somme, se réveilla
en sursaut, lança un coup d'œil de
colère sur l'auteur d'une si brusque
interruption, et retomba sur sa couche. Cependant Léopold jeta la branche au feu et sortit précipitamment;
il venait d'entendre les douloureuses
lamentations de sa compagne.

L'angoisse inexprimable de l'em-

pereur lui représentait, sous des formes gigantesques, la stature très ordinaire de Léopold, dont, à la vérité, l'extérieur n'était rien moins que
gracieux. Les peaux dont il était couvert, hérissées par un amalgame de
suie et de poix-résine, une barbe
épaisse qui défigurait ses traits,
des yeux animés d'un feu som-
bre et roulant dans leurs orbites, formaient un ensemble qui le faisait
passer, aux yeux de Conrad, pour le
chef de brigands sanguinaires qu'il
croyait rassemblés près de la porte
entr'ouverte. Dans les exhalaisons qui
s'élevaient du sol humide, et auxquelles la flamme pétillante du foyer
prêtait des formes fantastiques, il
croyait entrevoir ces féroces brigands
prêts à s'élancer sur lui. Il se mit à
fureter dans tous les coins, espérant
y découvrir quelque arme, mais il n'en

trouva aucune. Pour dernière ressource, voulant barricader la porte,
il se mit en devoir d'y rouler des
blocs de bois qui se trouvaient dans
la cabane, mais il fut surpris, dans
ce travail, par Léopold, qui lui demanda brusquement ce qu'il pré-
tendait faire.

Conrad observa avec horreur que
son hôte était armé d'une lourde massue; il ne put que bégayer : « Le vent!

HOCHFURT. Tu crains le vent?

CONRAD. Hélas! oui.

HOCH. Tu es de la cour?

CONR. C'est vrai.

HÓCH. C'est pourtant de là que
vient le mauvais vent. — Conrad n'osa
le contredire.

HOCH. Assieds-toi près du feu. »

Conrad obéit sans réplique. Il s'en-
suivit un long et terrible silence qui
acheva de porter le trouble et l'effroi

dans l'âme de l'empereur. Ce silence fut interrompu par les cris déchirants d'Herberge. Le comte, au comble du désespoir, se frappait le front avec violence, en s'écriant avec une rage concentrée : « Pauvre femme ! ma pauvre » femme ! je ne puis te secourir ! » Enfin sa fureur ne connaissant plus de bornes, et comme s'il eût voulu faire entendre au monde entier la condamnation de l'empereur, il brandit sa terrible massue : « Que maudit soit , s'écria-t-il d'une voix tonnante, le scé- » lérat qui a aggravé les maux que » souffre à cette heure la meilleure des » femmes ! »

La voix de Robert, agité par un rêve, se fit entendre : « Tu es blessé, » retire-toi en paix. »

Le comte tressaillit, il se tut, et, après quelques moments de réflexion, il adressa d'un ton moins farouche

ces paroles à Conrad : « Tu viens donc
» de la cour ? Il y a moins d'un an
» que je trouvai, près de ma char-
» bonnière, un malheureux proscrit
» expirant ; il se nommait Hochburg
» Hohen.

CONRAD. Hochfurt, sans doute.

HOCHFURT. L'as-tu connu ?

CONR. Non pas personnellement.

HOCH. De quoi s'était-il rendu coupable ?

CONR. Il avait compromis la paix
publique.

HOCH. L'empereur en était-il persuadé ?

CONR. Je ne suis pas assez près de
sa personne pour que je puisse le ga-
rantir.

HOCH. Le proscrit déplorait beaucoup le sort de ses fidèles serviteurs.
Que leur est-il arrivé ?

Conr. L'empereur leur a permis de se retirer en paix.

Hoch. Il a bien fait. Cette action lui épargnera un jour les tourments d'une longue agonie. »

Les cris de Herberge devinrent de plus en plus perçants. Léopold, se tordant les bras, implorait Dieu et maudissait les hommes.

Conrad. Tranquillisez-vous, brave homme. On dit que les cris de la femme allègent ses douleurs dans l'enfantement.

Hochfurt. Que Dieu t'accorde, pour cette consolation, une fin à la fois douce et prompte. Les dernières paroles du mourant maudirent son dénonciateur Hero : est-il encore de ce monde ?

Conrad. Il vit.

Hochfurt saisissait sa massue... mais les cris de Herberge devinrent

si violents, que Léopold se précipita
hors de la cabane.

Comme un homme imprudent qui,
s'étant avancé trop près d'un abîme,
sent à la fois ses bords s'affaisser
sous ses pieds et le bras sauveur d'un
ami le dérober à la mort, Léopold
éprouva la double secousse que produit un danger imminent et un salut
inespéré. Arrivé près de sa compagne,
elle lui sourit les yeux encore bril-
lants de larmes, et ses mains défail-
lantes lui présentant le nouveau-né,
«Voilà ton fils!» lui dit-elle, et le
comte ne sait plus ni ce qu'il dit ni
ce qu'il fait; la joie l'enivre et bannit tout sentiment haineux de son
cœur. Il prend l'enfant, le bénit,
l'embrasse, le presse doucement dans
ses bras, enfin il l'enveloppe dans la
peau d'ours et le berce sur ses ge-
noux. Cependant le sommeil s'em-

paré de la jeune mère, et verse sur
elle ses pavots les plus doux et les
plus réconfortants.

On peut comparer le bonheur domestique à l'huile versée sur une
blessure venimeuse, car il neutralise
le poison qui corrode les facultés de
l'âme. Des larmes de joie ont atten-
dri le cœur de Léopold. Il pose sa
main sur le sein doucement agité de
sa compagne, sur ce dépôt sacré de
l'existence de son fils, et y souscrit
la lettre de grâce qu'il accorde à l'empereur. Soulagé par ce serment, il lui
semble avoir déposé une pesante cui-
rasse qui oppressait son sein. Mais la
misérable couche de Herberge, ce
pain indigeste composé de semences
sauvages, ces ustensiles grossiers,
cette dure peau de chevreuil sans
apprêt qui doit servir de langes au
nouveau-né, bien que la sollicitude

maternelle ait su la doubler de tendres roseaux délicatement effilés,
enfin tout ce qui l'entoure fait rentrer les noirs soucis dans son âme.
Il sent par anticipation tous les gen-
res de privations qui attendent la
mère et l'enfant, et ce n'est qu'avec
peine qu'il comprime de nouvelles
malédictions prêtes à s'échapper de
sa bouche.

En quoi, se disait-il, cette innocente et douce créature a-t-elle offensé
l'empereur, pour qu'il l'ait comprise
dans la punition qu'il m'a infligée?
Mon Herberge a-t-elle compromis le
repos de l'État, ou moi-même ai-je
prétendu agir en faveur de ma descendance en guerroyant contre un
voisin chicaneur? Et lui, Conrad, à
qui l'accomplissement des vœux les
plus insensés coûte à peine une parole, dépouille un innocent enfant

de son patrimoine ; il le condamne à
ce que ses membres délicats soient
froissés par les aspérités d'une peau
simplement desséchée, tandis que
lui, guerrier robuste, il s'étend volup-
tueusement sur les tendres tapis qui
furent tissés de la main de ma bonne
et laborieuse ménagère. Ah ! puisqu'il en a agi de la sorte, je vais lui
donner un avertissement tel qu'il ne
saura pas même à qui sont réservés
les biens qu'il a dérobés. Il m'est permis, sans fausser mon serment, d'employer une innocente supercherie
pour porter le trouble dans l'âme du
scélérat couronné, qui m'a réduit,
moi et les miens, au dernier degré de
misère.

Léopold ayant glissé doucement le
nouveau-né entre les bras de sa mère,
monta sur le toit de la cabane où était
l'empereur. Il y pratiqua une ouverture

qui lui permettait d'observer son convive, cherchant vainement le repos
sur sa couche de bruyère. Alors le
comte approchant sa bouche de l'ouverture, cria d'une voix déguisée :
« *L'enfant qui vient de naître deviendra*
» *ton héritier et ton gendre.* »

Conrad ne sait s'il doit en croire
son oreille, mais les mêmes paroles
se font entendre pour la seconde fois;
alors il se met sur son séant, et pour
mieux écouter, il retient son haleine :
bientôt le même oracle se répète de
nouveau; il n'en peut plus douter,
c'est un avertissement du ciel. Le
comte, satisfait, descend avec précaution de son poste, se glisse dans le
réduit de son épouse, et s'endort
près du feu. Mais Conrad ne put fermer l'œil, la voix avait produit son
effet : telle qu'une flèche empoisonnée,
décochée par un adroit archer, elle

avait pénétré dans les parties les plus
sensibles.

L'air humide du matin s'insinuant
avec bruit à travers les crevasses de
l'argile dont étaient enduites les parois de la cabane, abrégea le premier
somme du nouveau-né ; ses cris ré-
veillèrent la jeune mère, qui se hâta
de lui présenter le sein. L'appel très
impératif de l'enfant avait aussi réveillé le comte, mais Herberge ne
s'en aperçut pas, ses regards animés
d'une expression qui ne peut se rendre,
étaient absorbés dans la contempla-
tion du petit être qui puisait à longs
traits aux sources de la vie. Un pa-
reil tableau, toujours si intéressant à
celui-là même qui lui est étranger,
ne pouvait manquer d'émouvoir
avec délices les entrailles d'un père ;
aussi dans ce moment Léopold
n'aurait-il pas échangé sa position

contre celle du plus puissant monarque, entouré de toute la splendeur du trône.

Lorsque l'enfant fut rassasié, Herberge l'éleva vers le ciel comme si elle eût voulu le consacrer à la Divinité, et Léopold s'écria : « Puisse-t-il, ô » mon Dieu, rencontrer, dans la car- » rière qu'il doit parcourir, des hom- » mes à entrailles d'homme, pour qu'il » bénisse l'instant où tu lui accordas » la vie ! » Il reçut alors le nourrisson des mains de la joyeuse mère qui lui prédisait toutes sortes de prospérités futures, et se rendit à la cabane adjacente. Conrad, à qui le moindre bruit paraissait encore suspect, recommanda, en tremblant, son âme à tous les saints du paradis, et tressaillit même encore de crainte lorsque Léopold lui cria d'un ton tout joyeux :

« Seigneur, toute souffrance a son
» terme ! le voici, le perturbateur de la
» paix domestique! voyez donc comme
» il vous sourit malicieusement. Com-
» ment s'imaginer qu'un petit drôle
» de cette espèce soit capable de trou-
» bler le repos d'hommes faits? Vous
» ne pourriez lui en vouloir, j'en suis
» sûr; mais grondez-le un peu du
» caprice qu'il a eu de choisir la nuit
» dernière pour faire son apparition
» dans le monde. Voyez-moi cela! voilà
» un vigoureux garçon, on n'y a rien
» épargné. La mère assure qu'il de-
» viendra superbe. Pesez-le un peu,
» Seigneur! il est fort, ses chairs sont
» fermes et élastiques, nul défaut
» de conformation; car, pour cette pe-
» tite tache brunâtre que vous voyez
» au-dessus de l'œil gauche, elle n'en
» fera que mieux ressortir la blancheur
» et la belle forme du front,

» Un jour que je parcourais la forêt,
» je trouvai une petite place couverte
» du plus beau trèfle. J'en remplis
» aussitôt mon sac; ma ménagère,
» me disais-je, se réjouira de cette
» bonne aubaine, elle en régalera no-
» tre vache-élan, qui donnera ainsi
» plus de lait. En rentrant au logis,
» je la trouvai assise devant la porte,
» et occupée à tresser une corbeille.
» Qu'apportes-tu dans ton sac? me
» dit-elle en me souriant gracieuse-
» ment, comme elle a coutume de
» faire quand elle me voit arriver. Je
» lui dis de se tenir tranquille, que
» je voulais verser ma corne d'abon-
» dance sur sa tête, et c'est ce que je
» fis. Tout-à-coup ma femme pousse
» un petit cri, porte sa main près de
» son œil gauche, et que croyez-vous
» qu'elle rencontre? un lézard qui
» s'était glissé dans mon sac. Elle

»fut saisie, et voilà l'incident qui
»a fait que le petit porte ce si-
»gne.

» Mais quoi! Seigneur, vous me pa-
» raissez bien sombre. Peut-être la vue
» d'un enfant vous est désagréable,
» parceque vous n'en avez pas. Votre
» femme serait-elle stérile, ou ne se-
» riez-vous pas marié? Si vous ne l'êtes
» pas, hâtez-vous d'en venir là : c'est
» par la femme que Dieu nous gratifie
» de ses meilleurs dons. Examinez
» donc celui-là. »

Conrad jeta sur le nouveau-né un
coup d'œil oblique, avec l'expression à peu près que présenterait le regard d'un propriétaire dont les biens
auraient été confisqués, et qui verrait
arriver le fiscal chargé d'en prendre
possession.

Le comte tourna le dos à Sa Majesté, et s'approcha de Robert tou-

jours dormant. « Holà ! lui cria-t-il,
» dormeur éternel, à l'ouvrage ! » Robert s'élance de sa couche ; le premier objet qui frappe sa vue est son
père Léopold, qui lui présente le petit
dans toute sa nudité, et frétillant sur
la peau d'ours. « Tiens, lui dit le
» comte, voilà un nouveau venu que
» je t'apporte. » Robert ouvre de grands
yeux, s'agenouille dévotement en
joignant les mains, et se met à
dire : « C'est un petit ange ; non, il
» ressemble à l'enfant Jésus en plâ-
» tre, si ce n'est qu'il est un peu
rouge. »

HOCHFURT. Non pas, mon cher Robert, c'est tout simplement mon fils
et celui de Herberge. »

Robert baise délicatement le pou-
pon, et des larmes de joie coulent de
ses yeux.

HOCHFURT. Bon enfant ! tu sais sen-

tir, toi; tu es heureux du bien précieux que le ciel nous a envoyé.

Conrad semble un brigand qu'un
mâtin de basse-cour a saisi au mol-
let; il souffre cruellement; mais
il réprime ses cris, dans la crainte de
se trahir.

Lorsque Robert fut revenu de sa
surprise, il fit, au sujet de l'enfant,
mille questions qui paraîtraient, on
ne peut plus étranges aux jeunes gens
de notre siècle éclairé, voire même
à nos petites demoiselles; mais il est
de fait que ces questions étaient de
nature à arracher un dernier sourire
à un mourant; quant à Conrad, il en
murmurait en lui-même, et il finit
par interrompre l'infatigable questionneur.

Conrad. Maintenant qu'il fait grand
jour, je te prie, mon bon Robert, de
me conduire à quelque endroit d'où

je puisse m'orienter et regagner la
résidence de l'empereur.

ROBERT. Prends donc un peu de
patience. Que trouveras-tu à la cour,
si ce n'est des singes et des renards
grimaçants?

HOCHFURT. Tu as tort, Robert : si
notre convive ne vivait qu'avec des
animaux, il ne saurait pas prier qu'on
lui rende un service. Conduis-le jusqu'à la colline de la Paix. De là vous
découvrirez une forêt de sapins qui
forme un point avancé où touche la
grande route qui conduit au monastère de Marienau.

CONRAD. Cette contrée m'est con-
nue. Mais de quelle manière puis-je
vous récompenser?

Hochfurt surpris, éprouva quelques
remords de conscience. « Seigneur,
» répondit-il, je suis vraiment confus;
» croyez que les circonstances seules...

» Mais je vous jure que , si tout avait
» été dans l'ordre , vous n'auriez pas
» eu à vous plaindre d'avoir passé une
nuit blanche dans ma cabane. »

CONRAD. Malheureusement, un valet portait sur lui mon bourseron.

HOCHFURT. Quant à cela, un mulet
chargé d'or n'aurait pu vous acquitter,
car, après tout, vous avez la vie
sauve..... Cette forêt aurait pu vous
devenir bien fatale.

CONRAD. J'y ai tout perdu, sceau,
cor, armes. Je ne puis vous offrir que
les remerciements d'un mendiant ,
c'est-à-dire des vœux pour que...

HOCH. Que Dieu me conserve ce
que je possède ; c'est tout ce que je
lui demande. Je suis content !

CONRAD. Vous êtes content ! Est-ce
que la *fleur de contentement* croîtrait
dans cette forêt?

HOCH. Cette fleur précieuse ne peut

croître qu'au milieu des douceurs de la vie privée. Je vous souhaite une heure pareille à celle que Dieu vient de m'accorder, alors vous serez content de vous-même et de tout ce qui vous entoure ; vos ennemis même éprouveront vos bienfaits, et...

Conrad. Jeune homme, es-tu prêt ?

Robert. Sans doute, puisqu'il le faut. A revoir, petit ! Père, dites-moi donc, avant que je parte, si ma mère est redevenue alerte et mince ? a-t-elle ?...

Hoch. Cet homme t'attend.

Robert. Marchons.

Il prit les devants, et Conrad s'empressa de le suivre.

L'empereur se trouvait trop heureux de quitter un théâtre où le souverain d'une cour dont il paraissait idolâtré se voyait réduit à jouer le rôle d'homme. Il s'éloignait avec em-

pressement d'un lieu où l'inflexible
nécessité l'avait dépouillé de tous les
avantages qu'il devait au rang. Le
guerrier se révoltait en songeant qu'il
avait pu être accessible à la peur, et
il aurait volontiers voué à la destruc-
tion cette cabane, où, pour la première fois, son cœur avait frémi.
Mais l'homme, guidé par ce sentiment de soi-même qui nous fait connaître notre valeur intrinsèque, était
encore assez impartial pour se reconnaître dans le miroir que lui avait
présenté la terreur.

Lorsque Robert fut de retour, et
qu'il eut donné une libre carrière
à l'explosion de ses sentiments; qu'il
eut dorloté le petit frère autant que
les circonstances le permettaient ;
qu'il se fut largement égayé de la
promptitude qu'avait mise le courtisan
à regagner les lieux où on l'appelait

vous, il reprit ses occupations habi-
tuelles et commença par enlever la
bruyère qui avait servi de couche à
l'étranger. Il y trouva la bague de
l'empereur, l'apporta à Léopold, et
lui dit : « Regarde, père, ce que
» l'homme a oublié dans la bruyère,
» un cercle jaune luisant, et au mi-
» lieu une pierre blanche et brillante;
» vois comme elle est sottement grat-
» tée; le coq noir du château en au-
» rait fait autant : je ne comprends pas
» comment des hommes raisonnables
» peuvent tenir à de pareils jou-
» joux. »

Léopold examina ce précieux dia-
mant où le monogramme (1) de Conrad était gravé, et dit à Robert :

(1) Un monogramme se composait de let-
tres entrelacées représentant le nom des souverains, qui s'en servaient en guise de seing.

« C'est pourtant cette pierre grattée,
»comme tu l'appelles, qui nous a
»chassés du château. » Il tira de son
sein la chaînette d'or à laquelle pendait le portrait de sa femme et y
passa la bague : « Voici, dit-il, le
»poison et son antidote réunis ! »

« Que dites-vous père ? » demanda
Robert. Mais il ne reçut point de réponse et s'en retourna tout pensif à
sa besogne.

La femme aime à se créer des
monstres, et comme Léopold savait
que la sienne, quelque raisonnable
qu'elle fût, ne faisait pas exception à
cet égard, il lui cacha avec soin ce
qu'il savait de l'étranger. Lorsqu'elle
eut repris assez de forces pour pouvoir, sans danger, se transporter au
bassin de la source, Léopold y bap-
tisa l'enfant par trois immersions
dans l'eau limpide et le nomma Hain-

rich (1) ou Henri, en mémoire du lieu
où il avait pris naissance ; la mère et
Robert furent les parrains. Un orgueil
qui lui était jusqu'alors inconnu
s'empara du cœur de Robert et exalta
son âme, quand Léopold lui eut fait
connaître la sainteté et l'importance
des devoirs que la paternité spirituelle
lui imposait. « Mais, disait-il d'un
» air soucieux, il faudrait que je fusse
» un homme pour pouvoir remplir ces
» devoirs. » Puis il ne manquait pas
d'ajouter, « mais je le deviendrai. »

Dès lors le petit Henri devint en
quelque sorte le mobile de toutes les
actions de nos ermites ; chacun d'eux
rivalisait à lui procurer tout le bien-
être possible ; il était devenu le point
central de leurs vœux et de leurs es-

(1) *Hain* signifie, en allemand, *bocage* ou
bosquet.

pérances , et ils en attendaient l'accomplissement de l'heureuse étoile du
nouveau-né.

FIN DU LIVRE PREMIER.

LIVRE SECOND.

Dame Véronica , la vénérable abbesse de Marienau , marqua dûment
en rouge sur son bréviaire le jour
fortuné où elle eut l'inestimable honneur de recevoir dans sa pauvre ab-
baye le très pieux , très charitable et
très puissant protecteur de la très sainte
et très *voyante* Église , de lui oindre
la plante des pieds , de le conforter
d'aliments et de vin , de le pourvoir
de chaussure et d'habillements , et de
chasser mouches et moustiques qui
auraient pu troubler le repos que Sa
Majesté très sacrée goûta dans un lit
moelleux et douillet.

Les soins de la charitable abbesse
n'avaient pas été infructueux ; quel-

ques bons repas avaient rétabli l'é-
quilibre entre les humeurs de Sa Majesté, en sorte qu'après un somme
d'une douzaine d'heures, elle se sentit
si bien remise, qu'elle crut devoir
retourner promptement à Aix - la -
Chapelle, sa résidence, dans la crainte
qu'une éclipse de trente-six heures
n'y eût causé peut-être plus que de
la consternation. Il demanda un
cheval à dame Véronica, qui, toute
dévouée aux volontés du plus gracieux des souverains, se hâta de le
conduire préalablement au réfectoire,
où un déjeûner succulent l'attendait.
Il eut la satisfaction de trouver aussi
Agnès sa fille, enfant de trois ans;
elle précédait d'un jour Gisela, sa
mère, qui devait arriver le lendemain
à Marienau, où elle espérait rejoindre
son époux dont elle était fort en peine.
Conrad déjeûna impérialement, em-

brassa Agnès, la recommanda à l'abbesse, et se mit en devoir de partir. Il trouva dans la cour exté-
rieure du monastère un coursier magnifiquement équipé, ainsi qu'une escorte de douze gentilshommes armés,
tous vassaux de la maison de Dieu.
L'abbesse lui présenta le coup de vin
d'honneur, et tint elle-même l'étrier
à son éminent convive, qui, quoiqu'il
ne voulût pas d'abord le permettre,
fut enfin obligé de céder à l'opiniâ-
treté respectueuse de la dame. En té-
moignage de sa reconnaissance, l'empereur accorda le droit de foire à la
sainte maison, et la gratifia en outre,
pour l'arrondir, de tous les villages,
hameaux et fonds qui formaient en-
clave dans ses immenses domaines.
De cette manière chacun fut content; l'abbesse avait fait une affaire
fort lucrative à peu de frais, et l'em-

pereur fut singulièrement flatté de pouvoir exercer son humeur libérale aux dépens de je ne sais qui.

La nouvelle de la disparition de l'empereur, dans une forêt peuplée d'ours carnassiers, et la circonstance désespérante que la barrette, la pelisse de Sa Majesté avaient été trouvées en lambeaux et tachetées de sang, avaient semé la consternation dans la bonne ville d'Aix-la-Chapelle. L'excellente Gisela venait d'expédier de tous côtés des centaines de serviteurs à la recherche de son époux, lorsqu'il parut en personne dans sa résidence, magnifiquement équipé et suivi d'une brillante escorte. L'impératrice ne put que pleurer de joie en pressant Conrad sur son cœur. Quant aux courtisans, ils étaient sans doute moins charmés de l'arrivée subite du maître que de l'occasion qu'elle leur

offrait de lui insinuer : « qu'il n'était
» rien moins que le plus cher favori
» de la Providence, qui, au milieu des
» déserts les plus sauvages , tenait à la
» disposition de Sa Majesté tout ce qui
» pouvait contribuer à sa commodité
» et à la conservation d'une tête si
» éminente et si chère. » Mais Conrad,
encore tout pénétré des leçons de
très fraîche date qu'il avait reçues
de Léopold et de Robert , regarda
froidement ces insignes flatteurs et se
hâta de gagner le palais. Là , entouré
d'un peuple entier de curieux, il fut
assailli de questions respectueuses,
auxquelles il se contenta de répondre
d'un ton très sec : « Le jour même où
» je m'étais fourvoyé, je passai la nuit
» dans la cabane d'un charbonnier, qui
» me conduisit le lendemain matin au
» monastère de Marienau. » Et là-dessus il congédia en toute grâce conseil-

lers, prélats, dames et chevaliers.
Mais il fit signe à ses deux plus intimes
confidents, le dénonciateur Radeborn
et le brave chambellan de Fichtenstain, de le suivre dans son cabinet
particulier.

« Je viens, leur dit-il, de déclarer
» à la masse ce qui convient qu'elle
» sache ; maintenant je vais décou-
» vrir à mes amis les circonstances
» très extraordinaires de mon aven-
» ture. »

Radeborn baisant la main de l'empereur, s'épuisa en remerciements ;
Fichtenstain, moins démonstratif,
salua Conrad avec respect.

L'EMPEREUR CONRAD. La nuit même
que je passai chez le charbonnier, il
lui naquit un fils. Le père soignait
bruyamment l'accouchée et le nouveau-né ; sa joie étrangement sauvage
bannit le sommeil de ma paupière,

sans que le profond silence qui succéda pût le ramener. Le feu près duquel j'étais couché allait s'éteindre,
je me levai, je l'attisai de nouveau,
en sorte que cette occupation me tint
parfaitement éveillé. Tout-à-coup
j'entends distinctement, et par trois
fois, une voix sourde qui me crie :
«*L'enfant qui vient de naître deviendra*
»*ton gendre et ton héritier.*» Point
d'objection, Fichtenstain ! tous mes
sens veillaient. Ces gens ne me con-
naissaient nullement ; leur grossiè-
reté me le garantit, et ils étaient
tous plongés dans le plus profond sommeil.

RADEBOBN. Ce ne peut être qu'une
voix céleste.

CONRAD. J'avoue que, dans ma
première surprise, cette idée me vint
à moi-même, mais après y avoir mû-
rement réfléchi, je vis que c'était im-

possible. Un bon esprit ne saurait
annoncer rien de semblable. Eh quoi !
le fils d'un grossier charbonnier de-
viendrait le chef de l'empire ? mais il
ne pourrait y parvenir que par l'assas-
sinat et par une combinaison des crimes les plus affreux. Dites-le-moi vous-
mêmes, Dieu peut-il agir en faveur d'un
ambitieux, d'un rebelle sanguinaire ?
Dieu peut-il, par des prophéties me-
naçantes, paralyser le courage d'un
homme chez qui sa confiance en la
protection divine a implanté l'énergie
nécessaire pour déterminer des mil-
lions d'hommes à coopérer en commun au bien-être de tous ? Et quels
hommes encore ! des hommes qui,
depuis des générations, en quelque
sorte isolés et ennemis les uns des
autres , n'avaient d'autres mobiles
que l'intérêt personnel, la rapacité,
le brigandage ! Ce ne peut être que

l'enfer qui a suscité cette voix! C'est le démon qui cherche à bouleverser mes idées et à me nuire! Il a voulu que le noir chagrin dont je ne puis me défendre en songeant que de fidèles sujets ne seront point appelés à jouir du fruit de mes travaux, me porte à négliger les devoirs que j'ai juré de remplir, et à me défier même du Très-Haut. De tout temps l'esprit malin s'est servi de cette infernale voix pour attirer ses victimes dans le piége. Dois-je honteusement céder aux insinuations de l'ennemi du genre humain, sans avoir recours aux armes que l'Éternel m'a mis en main pour le combattre? m'est-il permis de désespérer d'une cause sacrée et de coopérer par ma faiblesse aux pernicieux projets de l'esprit des ténèbres? Non, je ne le dois ni ne le puis! Et puisque je ne saurais l'atteindre lui-même, je prétends que l'instrument de sa malice soit anéanti; qu'il soit coupable ou innocent, peu m'importe ; il n'en est pas moins complice de l'intention... Vous devez me comprendre?...

RADEBORN. Parfaitement, très gracieux souverain.

CONRAD. Et Fichtenstain ?

FICHTENSTAIN. Non ; car il me semblerait que l'empereur, à cause d'une chimère, aurait jugé nécessaire la mort d'un enfant innocent : c'est ce dont je crois incapable un prince juste et chrétien.

CONRAD. O Wichmann, que de fois le prince est obligé d'embrasser des partis extrêmes devant lesquels, en sa qualité d'homme, il recule pénétré d'horreur !

RADEBORN. Si Votre Majesté pouvait nous indiquer la situation de la cabane ?

CONRAD. Elle touche presque à la source de la petite rivière qui fertilise tes nouvelles propriétés. Dirigez-vous sur elle, en remontant son cours vous arriverez infailliblement.

FICHTENSTAIN. Seigneur, je me retire.

CONRAD. Dans ce moment, et... à quel propos ? Mais tu m'as déjà répondu à cette question, sur les ruines de Hochfurth, où tu plaignais si amèrement le sort des fidèles serviteurs d'un criminel d'État. Tu trouves mauvais que le trône impérial soit héréditaire. Tu voudrais, je m'en aperçois, que l'épée de Charlemagne fût successivement portée par un Franc, par un Lorrain, un Bohémien, un Saxon, un Bavarois, voire même par un Vandale. Il te semble convena-

ble aussi que la couronne impériale serve à orner aujourd'hui un
chapeau ducal, puis une barrette
de comte, ou le simple casque d'un
écuyer. Pour qu'il ne manquât rien
à la bigarrure, tu ne serais pas fâché
de voir un garçon charbonnier affublé
de la robe impériale , ou bien de con-
templer sous le dais un mendiant dont
les frères et sœurs seraient nés à droite
ou à gauche, derrière une haie ou sur
un fumier. Tout cela te paraîtrait convenable , pour que l'amour de l'ensemble ne devînt point héréditaire,
que les tenanciers n'entreprissent
rien en faveur du bien public, et
par conséquent de leur descendance ;
enfin , pour que l'union n'existât
jamais dans l'empire.

Rien n'est plus salutaire sans doute,
que de laisser l'empire en tutelle
après la mort du chef ; il est incon-

testable que la tendresse d'un père
n'est que de la haine comparée à celle
d'un tuteur. Il est clair que le doigt
de Dieu n'agit que par rapport à la
procréation, et que toute espèce de
choix appartient aux hommes. Il est
bon de lâcher la bride à toutes les
passions, attendu que le corps en ac-
quiert infiniment plus de force. Celui
qui traverse un territoire à main ar-
mée le ménage bien mieux que les
générations qui s'y établissent et s'y
succèdent. La forêt confiée alterna-
tivement à des bûcherons, à des char-
bonniers, à des charpentiers, des
pâtres et des jardiniers, prospère bien
mieux que dans les mains de fores-
tiers habiles qui la soignent de père
en fils. *Tu y es aujourd'hui, demain
j'y serai,* est un proverbe rempli de
sel et de sens. Il offre la plus sûre
garantie d'une paix éternelle entre

toutes les maisons puissantes d'Allemagne ; elles attendront patiemment, chacune à leur tour, la saison de la récolte ; quant aux fruits, qu'ils soient verts ou mûrs, peu importe.

Fichtenstain se tourna tout-à-coup du côté de Radeborn, et lui demanda : « s'il connaissait le che-» min de la cabane ?

RADEBORN. Avec la ferme résolution de nous y rendre, nous ne pouvons la manquer.

FICHTENSTAIN. Quel est le nombre des habitants, Seigneur ? Il m'importe davantage de connaître l'ennemi que je dois fuir, que celui contre lequel il m'est permis de tenir ferme.

CONRAD. Ils ne sont que trois, le père, la mère, et un garçon très malavisé. Mais qui peut te déterminer si subitement à répondre à ma volonté?

FICHTENSTAIN. Empereur d'Allemagne, c'est précisément votre volonté même.

CONRAD. Que de modestie tu mets à diminuer le mérite d'un important service !

FICHTENSTAIN. N'est-il pas de mon devoir d'épargner l'arbre plutôt que le lierre parasite qui menace de le dessécher? Je vois avec douleur qu'une illusion funeste s'est emparée de votre âme.

CONRAD. Traiterais-tu d'illusion ce dont tes facultés, dans toute leur intégrité, t'auraient complètement convaincu ?

FICHTENST. Vous seul, seigneur, vous pouvez les vaincre ces illusions, si vous vous accordez assez de force

I.   5.

pour le faire : mais la crainte, en nous privant de toute confiance en nous-mêmes, nous ôte les moyens propres à lui résister, et décompose en quelque sorte la nature de notre être. Ainsi, puisque la cruelle nécessité l'ordonne, puisqu'il faut, pour vous soustraire au marasme de l'âme, faire disparaître de ce monde l'objet de vos perplexités, je m'y engage, seigneur ; le devoir me l'ordonne... Que l'enfant meure !

CONRAD. Tu recevras aujourd'hui même le diplôme qui affranchit tes biens de toutes charges.

FICHTENST. N'en faites rien, seigneur. Le sang innocent répandu par ma main serait un poids trop lourd pour mon cœur. Je sacrifie le repos de ma conscience au bien commun. Sans récompense, je puis me considérer comme le martyr de la raison d'État : récompensé, je ne suis plus qu'un misérable assassin.

L'empereur irrité passa dans un autre appartement. Radeborn le suivit. « Et les parens ? lui demanda-t-il » à voix basse. — Qu'ils vivent, ré- » pondit l'empereur. »

Radeborn s'approcha de Fichten- stain et lui dit : « Seigneur chambel- » lan, il nous faut maintenant con- » tracter une étroite alliance avec la » ruse.

FICHT. Votre ancienne amie.

RADEB. Sœur de la politique. —

FICHT. Dont vous connaissez toute la parenté, savoir : père, le démon de la vie ; mère, *Rapacité* ; leur fils, mes- sieurs les démons de la *Guerre* et de *l'Intolérance*, ainsi que les bâtards de cette illustre famille, surnommés les démons de la *Timidité* et de la *Faiblesse.*

Conrad cria à travers une porte la-
térale : Héro, tu m'apporteras le cœur
de l'enfant.

RADEB. Il sera déposé dans les puissantes mains de Votre Majesté.

FICHT. Demandez donc à l'empereur qu'il vous octroie de faire figurer dans vos armes le cœur saignant
d'un enfant, et sur votre casque une
forteresse en feu.

RADEB. Celui qui prescrit diminue
la valeur de la récompense qui lui
est réservée. La munificence de
notre seigneur et maître n'oubliera
certainement pas son fidèle serviteur.

FICHT. N'en doutez pas, et vous
pouvez vous flatter aussi de la reconnaissance de vos neveux envers l'aïeul
illustre qui aura si glorieusement
fondé leur fortune. Il me reste encore
quelques affaires à régler, après quoi

nous ne nous occuperons plus qu'à mettre à exécution ce que le devoir nous prescrit.

Trois jours après cette conférence les deux confédérés de Conrad, armés à la légère et convenablement déguisés, se mirent en route à l'approche de la nuit. Arrivés à Marienau, ils laissèrent leurs chevaux à la garde du seul valet qui les avait accompagnés, avec ordre d'attendre leur retour dans une ferme appartenante au monastère; ils partagèrent les vivres dont ils avaient eu soin de se pourvoir. Ils traversèrent la forêt jusqu'à la rivière, dont ils côtoyèrent les bords en la remontant, mais non sans éprouver beaucoup de difficultés. Comme le sol était très marécageux, et que les sinuosités formées par la rivière alongeaient de beaucoup le trajet, ils furent obligés de passer plusieurs nuits sur des ar-

bres. Ils découvrirent enfin la cabane,
ils s'approchèrent à pas de loup de la
source, la tournèrent, puis ils prirent poste sur une élévation de la
montagne, d'où, cachés par les ar-
bustes, il leur était facile d'épier tout
ce qui se passait, et même d'entendre
distinctement la conversation des
habitants. Héro de Radeborn eut bientôt reconnu dans Léopold son ancien
voisin. Si l'appât d'une récompense
lui prescrivait de grandes précautions
pour parvenir à ses fins, la peur,
bien plus forte encore, lui enjoignait
impérieusement de redoubler de prudence, pour ne point tomber entre
les mains d'un ennemi qui ne l'aurait certainement pas épargné. Il ne
jugea pourtant pas à propos de révéler cette importante découverte à
Fichtenstain; mais il comptait qu'a-
près avoir extirpé le rejeton, l'arbre

lui-même tomberait bientôt sous le tranchant de la hache.

Il fut convenu que le rapt de l'enfant n'aurait lieu que lorsque le père et la mère seraient tous les deux éloignés de la cabane. Deux jours se passèrent sans qu'il fût possible de rien tenter, mais dans la matinée du troisième, la voix de Léopold se fit entendre agréablement à l'oreille de Radeborn : « Chère femme, disait-il » à Herberge, allaite l'enfant et ac- » compagne-moi ensuite ; tu choisiras » toi-même l'emplacement d'une nou- » velle habitation. Le sol est ici par » trop humide ; les sources filtrent de » tous côtés. Là bas, la montagne ne » nous abritera pas moins bien, et le » vivier que j'ai découvert nous four- » nira de bonne eau. » Héro avait tout entendu ; il se glissa en rampant plus près de la cabane ; Fichtenstain le suivait à quelques pas de distance, attendant avec angoisse le signal qui allait lui annoncer le départ des parents.

Radeborn resta couché pendant un long espace de temps; il craignait tout du trouble extrême qui se peignait sur le visage de son compagnon ; enfin, il lui dit tout bas : « Les » parents sont partis; l'enfant dort pai- » siblement sur une peau d'ours éten- » due devant la cabane ; approchez- » vous de la troisième issue de la grotte » que vous voyez là-bas , vous ne vous » trouverez qu'à quelques pas de l'en- » fant ; saisissez-vous-en; quant à » moi, je vais donner de l'occupation » au gardien; il est assis en face et s'a- » muse à polir des flèches. » Fichten- stain agit en conséquence. Radeborn se munit d'une ruche formée d'un bloc de bois creusé, qu'il avait préparée

d'avance pendant la nuit après avoir
noyé les abeilles; il avait disposé les
rayons aux parois, et le miel liquide
dans le fond de la partie supérieure
qu'il avait retournée; il avait ensuite
versé sur le miel une quantité de
sable. Armé de ce bonnet diaboli-
que, il fit un détour pour prendre
Robert à dos.

Celui-ci, appuyé à une palissade
assez basse pour que sa tête la dé-
passât, était assis en face de l'enfant.
Il ne s'attendait pas au terrible malheur qui le touchait de si près. Le
pauvre garçon aurait volontiers chanté
quelque joyeux refrain, mais il ne
l'osait pour ne pas réveiller l'enfant.
Héro s'approche aussi doucement
qu'un reptile, et lui enfonce subitement l'effroyable ruche sur la tête.
Sable, cire et miel privèrent l'adolescent de l'ouïe et de la vue; il faillit

I.   6

en être étouffé; la peur lui ravit
l'usage de ses facultés. Fichtenstain profite de ce moment, s'é-
lance de son poste, s'empare de
l'enfant, l'enveloppe dans la peau
d'ours, et s'enfuit sur les traces de
Radeborn, à qui la peur communi-
quait l'agilité du chevreuil.

Après qu'ils eurent marché un
assez long espacé de temps, Héro
s'arrêta subitement et voulut que
l'enfant lui fût livré pour en finir et
lui arracher le cœur. Son compagnon lui fit observer que l'on pouvait
encore les découvrir des hauteurs; il
consentit d'aller plus loin; mais il se
retournait souvent, et lorsqu'il se fut
persuadé que les sommités seules des
chênes bornaient l'horizon, il demanda
pour la seconde fois *la victime de
l'État*. Le chambellan la refusa encore:
« Le temps ni l'occasion, disait-il,

» ne sauraient nous manquer pour ac-
» complir ce sanguinaire office; éloi-
» gnons-nous le plus possible des pa-
» rents, qui ne manqueront pas de
» nous poursuivre, et qui, j'en suis
» sûr, comptent parmi eux deux
» adroits arbalétiers. » Cependant Radeborn revenait sans cesse à la
charge, et, malgré toutes les répon-
ses évasives que pût inventer Fichtenstain, son féroce compagnon devenait de plus en plus pressant.

Enfin, lorsqu'ils furent arrivés à
une route qui s'offrit subitement à
leurs regards, Héro ne voulut plus
rien entendre; il accusa le chambellan de mauvaise volonté et de quelque secrète intention pour éluder les
ordres du souverain. Force fut donc
à celui-ci de contenter l'assassin. Il
développa la peau d'ours; le vent
très vif réveilla le petit; il ne pleura

pas cependant, il regardait ses bourreaux en souriant, et avec cette expression angélique que la nature, toujours sage, a su prêter à l'enfance, parcequ'elle a besoin de protection. Alors
Fichtenstain fit pénétrer dans le cœur
de l'homicide l'aiguillon de ces paroles : « Auriez-vous, lui dit-il, l'ef-
» froyable courage de voir s'éteindre,
» sous votre poignard, le doux éclat
» qui part de ces yeux ? Attendons
» que le sommeil l'ait fait disparaî-
» tre. » Radeborn se tut et se remit
à marcher; mais il demandait souvent si l'enfant ne dormait pas encore, et Fichtenstain assurait toujours qu'il veillait.

Le brave chambellan implorait du
ciel l'incident qu'il prévoyait. Il fut
exaucé. « Sauvez-vous, s'écria-t-il,
» j'entends des voix humaines et le
» trot de plusieurs chevaux ! » Lui-

même se tapit derrière un gros chêne.
Radeborn, aussi troublé qu'un meur-
trier doit l'être, s'enfonça dans un
épais taillis. Dès que Fichtenstain
n'entendit plus les pas du fuyard, il
déposa son fardeau près de la route,
'prit de l'herbe humide et en piqua
légèrement l'enfant, qui se mit à pous-
ser les hauts cris; très satisfait de ce
résultat, il se réfugia sur un arbre,
d'où il lui était facile d'observer le
dénouement qu'il se promettait. Bientôt des chevaliers et des dames s'ap-
pro chent, descendent de leurs pale-
frois ou haquenées; ramassent l'enfant, et continuent leur route en s'en-
tretenant gaiement de leur trouvaille,
et se félicitant d'avoir escamoté à
messieurs les ours un si friand morceau.

Fichtenstain connaissait parfaitement les localités, mais il s'était bien

gardé d'en rien témoigner. Il savait
que ce chemin de traverse était sans
cesse fréquenté par les habitants de
Wartover, de Egisheim et de Leun-
roder; il avait su attirer Radeborn
vers cette contrée, où le salut de l'enfant devenait au moins possible. Descendu de son arbre, il s'agenouilla,
des larmes de contentement cou-
laient de ses yeux : il offrit ses actions de grâces à celui *qui accorde tou-*
jours bien au-delà de ce qu'on lui de-
mande. « Mes mains sont pures, se
» disait-il; je n'ai point versé le sang.
» Quant à l'enfant, il n'eût point
» péri sans doute ; je l'avais juré
» dans mon cœur; mais Radeborn!...
» ah!... je n'aurais pu le laisser faire. »
Il se mit joyeusement à la recherche
de ce scélérat, qui lui inspirait la
plus profonde horreur. Que son
cœur était allégé! Ce ne fut qu'a-

près plusieurs heures qu'il le retrouva enfin ; le misérable était encore tremblant, sans avoir rien perdu de sa férocité : «Où est l'enfant?» demanda-t-il.

FICHTENSTAIN. Là-haut ! et il montra le ciel.

RADEBORN. Et son cadavre?

FICHT. Enlevé !

RADEB. Vous l'avez tué ?

FICHT. Sans le vouloir. A peine m'étais-je élancé sur un arbre extrêmement touffu, que les cavaliers passèrent. Je voulus redescendre ; vous savez que j'avais assujetti l'enfant sur mon dos. Je ne sais comme cela se fit ; une branche s'accrocha au lien ; en me démenant, le lien se rompit, la peau s'entr'ouvrit, et l'enfant glissa de branche en branche en poussant des cris effroyables, puis il...

RADEB. Se rompit le coup, j'espère.

FICHT. Hélas ! oui. J'entends les cavaliers revenir au grand galop ; il paraît qu'ils s'étaient arrêtés à peu de distance. Je n'ai que le temps de descendre , je tombe de vingt pieds de haut , mais sans me faire le moindre mal , et je gagne le taillis, d'où, bien caché que j'étais , j'observe ce qui se passe. Les étrangers arrivent droit à l'arbre ; à l'aspect de l'enfant qui nageait dans son sang , ils poussent un cri d'horreur ; ils lèvent le cadavre, l'emportent, sans doute pour lui donner la sépulture en Terre-Sainte.

RADEB. Il me semble , seigneur chambellan, que vous avez recouvré toute votre bonne humeur.

FICHT. La volonté du ciel s'est manifestée , voilà ce qui me tranquillise. Mon intention , je l'avoue, et c'est ce que j'allais vous découvrir lorsque nous avons été séparés, était de présenter l'enfant en vie à l'empereur. Ah! si Conrad avait considéré le doux sourire de ce petit être, je l'eusse adopté, moi, et il m'aurait fermé les yeux. Mais il devait périr pour assurer le repos de notre maître; Dieu le voulait ainsi, et c'est ce que prouve visiblement ce genre de mort qui est purement accidentel. Nous raconterons en toute vérité le fait à l'empereur.

RADEB. Gardons-nous-en bien. «La » sensibilité de Fichtenstain, me di- » rait-il, n'aurait pas dû t'arrêter; il » t'eût fallu égorger l'enfant tandis que » vous étiez encore dans l'épaisseur » du bois.» Et qu'en résulterait-il? que j'aurais perdu à jamais les bonnes grâces d'un si bon maître. Nous lui rapporterons ce qu'il désire qu'on lui rapporte.

FICHT. Et le gage de notre obéissance, le cœur?...

RADEB. Il ne manque pas de lièvres dans ces cantons ; mon arbalète m'en procurera bien quelqu'un ,
dussé-je m'y morfondre pendant deux
jours. Mais comme nous avons fait
une bien rude campagne , et que
nous voilà précisément sur la route
de Marienau , hâtons-nous de regagner la métairie pour y goûter un
repos dont nous avons grand besoin.

FICHT. Chevalier , que parlez-vous
de lièvre? mais l'empereur sait très
bien distinguer des cœurs de lièvres.

RADEB. Peut-être a-t-il pris le vôtre
pour point de comparaison.

FICHT. Vous recevrez ma réponse à
la première bataille où nous nous
trouverons.

Héro avait bandé son arbalète, et,
chemin faisant , il avait l'œil aux

aguets. Le vent étant très violent, les lièvres sortaient du bois, et gagnaient la plaine ; il s'en présenta un à portée, et Radeborn eut le bonheur de l'abattre. On cura la bête, le cœur fut proprement enveloppé dans de la mousse et serré dans le sac du chevalier. Tous deux riaient de bon cœur ; Radeborn était heureux de posséder la preuve palpable de sa fidélité à remplir une mission délicate et de nature à lui procurer de grands avantages ; Fichtenstain était bien plus heureux encore d'avoir sauvé un innocent enfant.

Conrad apprit avec la plus vive satisfaction l'heureux succès d'une entreprise qui lui tenait si fortement à cœur. Radeborn fut élevé à la dignité de comte du Saint-Empire, et nommé surintendant des chaussées ; il lui fut intimé « de parcourir dorénavant l'em-

» pire pour y veiller, soit à l'améliora-
» tion , soit à la réparation des routes
» et des ponts. » Fichtenstain évitait
l'empereur, qui lui-même n'était guère
plus porté à le rapprocher de sa personne. Le cœur du lièvre fut enfermé
dans une cassette précieuse qui con-
tenait toutes sortes de reliques. Plus
tard, à l'époque où Conrad se porta
du côté de la Bourgogne, il tomba entre les mains d'un moine , antiquaire
des plus perspicaces , qui prouva au-
thentiquement et d'une manière ir-
récusable, que ce chétif morceau de
gibier noirâtre, desséché et moisi, n'é-
tait rien moins que le grand cœur du
très pieux et très vaillant capitaine
Mauritius, lequel, ainsi que sa légion
toute composée de Chrétiens , obtint
la glorieuse palme des martyrs, en
préférant la mort à l'abomination de
sacrifier aux faux dieux. C'est ainsi

que l'étonnante sagacité monacale transforma un cœur de lièvre en un objet des plus dignes de l'adoration des fidèles, et que, au moyen de cette inestimable relique, un des plus pauvres monastères devint un des plus riches du pays.

Les ravisseurs avaien déjà une avance si considérable qu'ils ne pouvaient plus être atteints, que Robert était encore plongé dans un engourdissement voisin de la mort. Enfin le sentiment confus d'un malaise inexprimable lui fit peu à peu reprendre l'usage de ses sens, et lui permit de se débarrasser de la coiffe meurtrière qui l'accablait. Mais bien qu'il eût recouvré la faculté de respirer librement, le canal de l'ouïe et l'organe de la vue étaient encore complètement obstrués. Il fit tous ses efforts pour se débarbouiller, mais plus il se frottait, plus le sable amalgamé au miel, en attaquant l'épiderme, augmentait ses cuisantes douleurs. Il ne pouvait comprendre quelle était la composition dont il était enduit; cette matière était gluante, et, quoique froide, lui causait une insupportable cuisson. Cependant le goût finit par lui faire entrevoir la vérité; mais le malheureux jeune homme tremblait, en songeant que son cruel état était sans doute le résultat d'une infernale ruse, pour opérer plus facilement le rapt du nourrisson.

Accablé par cette idée funeste, Robert, toujours aveugle, se dirigea, les yeux fermés, du côté de la place où le petit Henri avait été couché; il ne l'y trouva point, et, dans son trouble extrême, il ne lui resta plus d'autre espoir que celui d'avoir pris une fausse direction. Pour s'éclairer sur ce point et faire cesser cette affreuse incertitude, il côtoya à tâtons les parois de la cabane, ainsi que celles de la montagne, et parvint ainsi au bassin de la source; l'eau fraîche et limpide ranima bientôt sa vue, mais ce fut pour le convaincre du poignant malheur qu'il avait pressenti. L'enfant avait disparu! le ciel lui parut couvert d'un sombre voile, il le fixa avec des yeux où l'égarement et la menace se peignaient à la fois, et il s'écria d'une voix épouvantable : « Tu l'as vu, toi! et cependant tu disposes de la foudre... » Puis incapable d'avoir une autre idée que celle d'atteindre les ravisseurs, il s'élança dans la forêt, et disparut d'un lieu qu'il ne devait plus habiter.

Robert n'était qu'à quelques centaines de pas au-delà du ruisseau, que Léopold et Herberge étaient de retour

de leur excursion. Poussée par la sollicitude maternelle, la mère répétait
déjà de loin les accents qui paraissaient fixer plus particulièrement l'attention du petit. Elle s'approche,
mais elle ne voit pas l'enfant; elle entre dans les cabanes, personne. Elle
en sort, et voit Léopold examinant
avec émotion la ruche de bois, le
miel répandu, des pas empreints sur
le sable, et qui tout-à-coup s'écrie vivement : « Des traces d'étrangers! — No-
» tre Henri nous a été enlevé! » ajoute
en frémissant la malheureuse mère;
son sang se glace dans ses veines, elle
tombe.

« O ma femme, s'écrie Léopold en
» la relevant, est-ce là le moment de
» s'abandonner à la faiblesse? » Herberge bravant l'évanouissement qui la
menace, se raffermit soudain; ses forces sont centuplées; cette douce créa-

ture ne respire plus que la fureur.
« Volons sur les traces des ravisseurs,
» dit-elle avec l'accent de la rage, ar-
» rachons-leur notre fils, ne goûtons
» plus aucun repos tant qu'il ne sera pas
» dans nos bras! Audacieux brigand!
» qui que tu puisses être, tremble!
» c'est mon enfant! dusses-tu te méta-
» morphoser en un horrible dragon,
» ton souffle fût-il empesté, chaque
» atteinte dût-elle augmenter ta force,
» c'est mon enfant! il est à moi! il faut
» me le rendre; je saurai bien t'y for-
» cer. Viens, toi qui est son père, viens!
» courons à la victoire..... » Elle dit, et
dans son ardeur délirante elle a
déjà franchi un espace considérable;
elle ne paraît plus que comme une
ombre fugitive aux yeux de l'inconsolable Léopold, qui, guidé par les
hurlements de sa compagne, s'efforce
de la rejoindre pour immoler à ses

I.   6.

yeux ceux qui lui ont ravi sa félicité.
Robert a entendu des cris, il croit
reconnaître les voix, et marche dans
la direction indiquée; il crie lui-même:
Au secours! à l'aide! l'écho de la montagne répète seul trois à quatre fois cet
appel. Il croit se rapprocher de ses
parents adoptifs, mais, hélas! il s'é-
loigne peut-être pour toujours du
couple chéri avec lequel il avait es-
péré de vivre et de mourir.

Léopold et Herberge, mus par une
même impulsion, ne s'étaient pas ac-
cordés sur les moyens à employer
pour coopérer utilement au succès de
leurs recherches; ce défaut d'union les
eut bientôt séparés. Souvent l'infortunée famille s'était précédemment
réunie sur une élévation qu'elle avait
surnommée la Colline de la Paix, d'où
le haut clocher de Marienau était visible et où le tintement solennel des

cloches parvenait jusqu'à elle, lorsque
le vent était favorable : c'est là qu'ils
offraient leurs actions de grâces au
Créateur; ce fut là aussi que Herberge dirigea ses pas. A peine eut-elle
atteint le sommet de cette colline
boisée, que son délire l'entraîne dans
la plaine qui s'étendait à ses pieds ;
elle espérait y atteindre les ravisseurs,
qui ne pourraient s'y soustraire à ses
regards. Tantôt succombant à sa marche précipitée, tantôt poussée par
l'aiguillon de la hâte, elle parvint au
monastère : là, le désespoir la privant
totalement de ses forces, elle tomba
d'épuisement sur le seuil de la porte
qui séparait les recluses du monde.
Dame Veronica contempla d'un œil
froid *la misérable mendiante* ; ce ne
fut qu'à l'excellent naturel et aux sol-
licitations de la petite Agnès, fille de
Conrad, qu'Herberge, sans connais-

sance, fut transportée à l'infirmerie, où une nonne sensible et charitable lui prodigua ses soins.

Quant à Léopold, il pensa que les ravisseurs, pour couvrir leur fuite du voile de la nuit, se seraient cachés, pendant la durée du jour, dans les environs de la cabane. Il se mit, en conséquence, à explorer les retraites les plus mystérieuses de la montagne, au pied de laquelle était située l'habitation abandonnée à jamais. La rage et la soif de la vengeance lui firent gravir des rochers à pic, et sonder les précipices les plus dangereux ; aucun des sentiers sauvages ne lui paraissait trop raide, aucune excavation trop étroite : il pénétrait dans des lieux inaccessibles aux animaux les plus agiles. Déjà le crépuscule l'environnait de dangers mortels, déjà le courage qu'il avait emprunté de son espoir faisait place aux instigations du suicide, quand une lueur rougeâtre vint raffermir sa croyance ébranlée.

Il descend, avec la légèreté du chamois, de la montagne ; il se cramponne à des blocs de rochers chancelants, à des broussailles qui cèdent et qu'il entraîne, et arrive en quelque sorte à vol d'oiseau dans le fond où l'avait guidé la lueur du feu. Le foyer était entouré d'une troupe d'hommes endormis, dont l'aspect et le lieu qu'ils avaient choisi indiquaient suffisamment la profession. Au bruit que fit Léopold, les sentinelles donnèrent l'alerte : tout le monde fut aussitôt sous les armes. Les lances, les épées qui le menacent n'intimident pas l'infortuné ; il ne les aperçoit même pas ; ses yeux ne sont ouverts que pour découvrir

le précieux objet qui lui est ravi. Il
n'est plus qu'à quelques pas de la
troupe ; on va se précipiter sur lui,
quand la vive clarté de la flamme se
réfléchit sur ses traits. «C'est Hoch-
» furth ! » s'écrie une voix. « Es-tu
» donc rassasié de ta vie d'ermite pour
» venir ainsi affronter la mort? Sens-
» tu enfin qu'il est de la nature de
» l'homme de goûter le plaisir de la
» vengeance? ou bien l'envie et la ra-
» pacité t'auraient-elles signifié que ta
» cabane figurait dans leur domaine?»

Léopold raconta sa déplorable histoire; il éprouvait un besoin impérieux
de se débarrasser du poids énorme
qui oppressait son cœur ulcéré. Souvent il s'interrompait en fulminant:
«A l'aide! au secours!» Souvent ses
auditeurs couvraient ses paroles par
des imprécations épouvantables ; il
n'avait pas encore achevé son récit,

que tous s'encourageaient les uns les
autres à lui prêter la main dans ses
recherches. Mais la joie qui commençait à épanouir le cœur de Léopold,
pour lequel une si noble résolution
était un baume vivifiant, fut bientôt
étouffée par l'observation indiscrète
de quelques membres de la troupe non
moins bien disposés, mais plus pru-
dents que les autres. « Vous n'y son-
» gez pas, capitaine, dirent-ils ;
» nous ne saurions différer plus long-
» temps à rejoindre notre chef com-
» mun; il aurait droit de nous taxer
» d'une désobéissance coupable ; ses
» ordres sont positifs. » La réponse
du capitaine ranima l'espoir de Léopold. « J'agirai à ma guise, » répliqua le premier; je connais mieux
que vous le cœur de Thesselgart;
jamais il ne sut punir pareille désobéissance.

Il n'y eut plus d'objections. Le
camp fut aussitôt levé ; on convint
d'un lieu de ralliement, et la troupe,
munie de flambeaux formés avec des
branches de sapin entrelacées, se
dispersa par petits pelotons pour explorer la contrée en tous sens. Avant
de partir, Léopold, s'adressant au capitaine, lui dit : « Ainsi donc, vous
» servez le célèbre chef de brigands,
» connu sous le nom de Thasselgart ?

Le Capitaine. Brigand ! C'est de
cette épithète que le qualifient seulement ceux qui l'envient, ou plutôt
les brigands privilégiés. Il ne faut jamais juger que de près. L'éloigne-
ment trompe la vue.

Hochfurt. Des châteaux détruits,
des monastères incendiés, sont-ils
donc des témoins équivoques ? Mais,
que m'importent à moi les crimes

de Thesselgart! Ses talents me sont utiles.

UN BRIGAND. Tu nommes bien froidement, et avec bien peu de retenue, un homme devant lequel l'Allemagne et l'Italie sont habituées à trembler.

HOCHFURT, *soupirant.* Que ne me reste-t-il encore quelque chose à redouter?

UN BRIGAND. Homme bizarre, tu devrais, en ce cas, t'applaudir de ton bonheur, et cependant tu soupires.

LE CAPITAINE. Ce que tu viens de dire, toi, sent encore le moine à deux lieues à la ronde. Ne comprends-tu donc pas que le bonheur ne peut exister que lorsqu'on a encore quelque chose à perdre?

« Nous sommes prêts! » firent entendre les brigands, et chaque piquet se porta vers la direction qui lui était

I.   7

assignée; tous, sans en excepter un seul, ne songeaient qu'à offrir des consolations à Léopold.

Déjà Robert avait passé deux jours à parcourir la forêt en tous sens, lorsqu'il fut frappé de l'idée subite que Hochfurt aurait peut-être atteint les ravisseurs; c'est dans cet espoir qu'il retourna à la cabane; mais il n'y trouva que la vache-élan, qui, renfermée dans sa petite étable, mourait de faim et le témoignait par ses mugissements lamentables. Robert remplit la crèche de fourrage; la profonde solitude de ces lieux, animés naguère par la présence d'êtres qu'il chérissait au-dessus de tout, imprimait à son âme une mélancolie inexprimable. Impatient de quitter ce théâtre de douleur pour recommencer ses recherches, il prit quelque nourriture, et se munit d'une petite

provision de vivres, ainsi que de ses
armes. Mais comme il lui paraissait
impitoyable d'abandonner la vache-
élan à la voracité des animaux carnassiers, il résolut de l'emmener avec
lui, et parvint facilement à s'en faire
suivre, ainsi que de son petit nourrisson qui sautillait auprès d'elle.

Ce fut à cette mesure dictée par
son bon cœur que Robert dut le
succès de ses recherches. Bientôt on
ne parla plus, dans tous les environs, que du jeune sauvage, ainsi que
de l'animal dont il avait su appri-
voiser le naturel farouche. Partout
l'accès des châteaux et des métai-
ries lui était ouvert; hommes, femmes, enfants, venaient considérer
ce phénomène. Il eut bientôt l'inexprimable joie de découvrir l'heureux
asile de son petit filleul, avant que
la désespoir l'eût forcé de dévoiler

le mystère de son infortune. La position de Robert intéressa si vivement les protecteurs du petit Henri,
qu'il n'eut qu'à en former le désir
pour être reçu dans le nombre de
leurs serviteurs.

Un message à Aix-la-Chapelle fut
le premier devoir qu'il eut à remplir,
et il dut à cette excursion le bonheur
de voir se réaliser la seconde partie
de ses souhaits. Il revenait galopant
de la résidence, et passait devant Marienau, quand une sœur converse
fixa toute son attention. La chaleur
étouffante forçait hommes et animaux à chercher de l'ombre ; cette
femme seule dédaignait de céder à
l'invitation d'un tilleul tutélaire dont
les branches touffues concentraient
les fraîches évaporations d'une fontaine ; ses yeux, fixés sur un point
de l'horizon, paraissaient ne pou-

voir s'en détacher. Robert mit pied à
terre, abreuva son cheval, et se rap-
procha d'elle. « C'est Herberge ! » s'é-
cria-t-il avec toute la véhémence que
devait lui communiquer une pareille
rencontre. Mais cette vive exclama-
tion ne produisit pas le moindre effet
sur les sens altérés de la malheureuse mère ; ses oreilles restèrent
sourdes; ses yeux, comme frappés de
cécité, ne reconnurent point son ancien compagnon de misère; le chagrin dévorant avait détruit sa beauté,
et la maladie, vampire insatiable,
avait absorbé le principe de la vie ;
exposée à l'ardeur brûlante du midi,
cette figure cadavéreuse tremblait de
froid.

Tandis que le jeune homme songeait à la manière la plus propre à
communiquer ce qu'il savait, et à
faire contribuer avec ménagement la

vie du fils à la guérison de cette mère
tant chérie, plusieurs sœurs conver-
ses, sorties du monastère, y transportèrent la malade. « Qui est-elle? »
demanda-t-il à voix basse, et la réponse qu'il reçut le délivra de toute
inquiétude ; il avait craint que le mystère de l'existence de Léopold ne fût
compromis. « C'est une pauvre in-
» firme, lui dit-on; personne ne sait
» rien sur son compte ; des gémis-
» sements et de douloureux soupirs
» sont seuls sortis de sa poitrine. La
» petite princesse Agnès veut absolu-
» ment qu'on la guérisse ; elle porte
» une amitié toute extraordinaire à
» cette infortunée, et assure que si on
» la laisse mourir, elle prétend mourir
» avec elle ; jugez par là du soin que
» nous en prenons! »

Robert poursuivit sa route, heureux de pouvoir bientôt réconci-

lier cette mère inconsolable avec le sort.

Les sauveurs de Henrich étaient amis du comte Helmold d'Egisheim; celui-ci s'appropria leur trouvaille. Le ciel, sourd à ses vœux et à ceux de Wendela, son épouse, ne lui ayant pas accordé d'héritier, ce couple vertueux ne négligea rien pour se rendre digne du don miraculeux qu'il devait à la Providence, car les circonstances merveilleuses qui se rattachaient à l'existence de l'enfant, et qu'on se plaisait à amplifier, comme cela arrive toujours, s'étaient répandues dans toute la contrée. Helmold et Wendela, d'une part, Robert et Herberge, de l'autre, contractèrent entre eux une alliance tacite, pour imprimer à l'enfant trouvé toutes les vertus propres à le rendre digne des plus hautes destinées. Le petit Henri ne comptait que trois semaines, que déjà Herberge avait été accueillie à Egisheim, où elle le nourrissait de son lait maternel. Ce fut à Robert qu'elle dut ce bonheur.

Peu de jours après la rencontre inopinée de la comtesse, Robert était retourné à Marienau ; Herberge avait recouvré une partie de ses forces ; il la trouva seule et assise sous le tilleul de la fontaine. La joie de revoir le bon Robert lui permit de résister à la forte commotion qu'elle ressentit, quand il lui eut fait comprendre que son fils vivait. Elle ne fit aucune demande, mais elle saisit le bras de Robert et l'entraînait, où?... Elle n'en savait encore rien, mais il lui semblait que l'amour maternel allait guider ses pas. Ce ne fut qu'avec peine que le jeune homme parvint à lui faire comprendre combien la cir-

conspection et le secret étaient nécessaires pour ne point compromettre
l'existence de son malheureux époux :
elle céda à cette puissante considé-
ration, promit de ne point divulguer
ce qu'elle était à l'enfant, et d'attendre tranquillement que Robert eût
préparé son entrée chez le comte
d'Egisheim. La nuit qui succéda à
cette entrevue, Herberge la passa
dans une cruelle insomnie, et en
proie à la plus vive inquiétude : elle
avait oublié de déclarer à Robert
un malheur qui paraissait devoir lui
fermer tout accès à Egisheim, où
elle devait être recommandée comme
nourrice. L'excès de ses misères avait
tari son lait. Elle tomba cependant,
vers le matin, dans un accablement
léthargique, et crut voir en songe un
ange qui lui plongeait un poignard
ardent dans le sein. Une intolérable

douleur hâta son réveil ; mais, comment peindre sa joie quand elle se fut aperçue que de ses mamelles, remplies de nouveau, s'échappaient des perles nourrissantes !

Robert , de retour au château, demanda à parler au comte. « Sei-
»gneur, lui dit-il , nous devons un
»beau denier à Dieu ! Le hasard m'a
»fait rencontrer la femme du char-
»bonnier que je servais. Vous savez
»que notre cabane a été incendiée par
»des brigands, et que la petite fille de
»ces pauvres gens a péri dans les flam-
»mes. La femme a été très malade ,
»mais elle est presque rétablie, vu les
»soins qu'on lui a prodigués à Ma-
»rienau , et je suis sûr qu'un bon ré-
»gime lui rendra bientôt une santé
»florissante. Si vous vouliez qu'elle al-
»laitât l'enfant trouvé, cela serait, ce
»me semble, très convenable, attendu

» que la femme de Hartwich se plaint
» de l'appétit violent du frère de lait
» qu'on a donné à son enfant. »

Helmold et Wendela acceptèrent
la proposition de grand cœur. Robert,
plus qu'heureux, fut dépêché avec un
mulet pour amener Herberge à Egisheim ; cette mission lui paraissait
telle, qu'il ne l'eût pas échangée contre la plus glorieuse, voire même celle
qu'aurait pu lui confier le très saint-
père de transporter la divine croix
dans la chapelle du château.

A peine Herberge eut-elle senti
l'enfant entre ses bras, qu'oubliant
le monde entier, elle lui prodigua des
caresses si touchantes et accompa-
gnées de tant de larmes, que tous les
habitants du château en furent pro-
fondément émus. Robert fit le vœu
de consacrer au soulagement des pauvres la moitié de tous les biens que

lui vaudrait son travail ou que lui procurerait la fortune.

Le nourrisson ne changea pas de nom. Wendela, en mémoire de son père, le nomma Heinrich (1), (Henri). Il crut rapidement en force et en beauté; c'était un superbe enfant, d'une constitution robuste et d'un naturel excellent; la bonté et la bonne humeur brillaient dans ses yeux. De très bonne heure l'horizon qui l'entourait lui paraissait déjà trop rétréci ; il cherchait dans une activité infatigable un aliment propre à calmer cette soif d'apprendre, de savoir, qui le tourmentait sans relâche. De même qu'un jardinier habile à soigner la plante exotique du midi, l'acclimate et la rend productive en l'ex-

(1) Par corruption Heinrich, au lieu de Hainrich.

posant à certaines époques à la bise
piquante, le père adoptif de Henri le
livra souvent entre les mains de l'expérience. Ce maître sévère endurcit
peu à peu son corps, sans émousser
ses facultés pensantes, et l'habitua
dès son enfance à vouloir pénétrer le
mystère des causes et des effets qui
influaient en bien ou en mal sur son
être : chaque découverte, en augmen-
tant ses connaissances, lui procurait
un moyen de plus d'en obtenir de
nouvelles, et de les appliquer convenablement. De graves personnages ju-
gèrent bientôt les jeux de l'adolescent dignes de fixer leur attention,
car il les imitait, il reproduisait
leurs gestes avec ses semblables. Il
savait si bien ajouter ou retrancher,
que les compagnons d'armes de Helmold finirent par ne plus rien entre-
prendre qu'ils n'eussent préalable-

ment sondé les vues de l'adolescent,
dont le jugement pur et vierge n'é-
tait obscurci par aucune des considérations trop souvent nuisibles que dic-
tent les préjugés ou l'intérêt personnel.

Toujours mieux disposée en faveur
de l'astre ascendant qu'envers celui
qui touche à son apogée, la renom-
mée se plut non seulement à publier,
mais peut-être même à exagérer les
qualités de l'enfant trouvé. Elle pénétra jusque dans l'intérieur des appar-
tements de l'impératrice Gisela ; et
Henri, sans qu'il s'en doutât, était
devenu le pivot autour duquel rou-
laient fréquemment les entretiens des
nobles dames et damoiselles de la
cour. A beaucoup de vertus, Gisela
joignait beaucoup de connaissances,
mais elle avait été trop éminemment
placée, ou, pour mieux dire, trop isolée

par le sort pour qu'on eût pu la citer
comme exemple. Elle voulut juger
par elle-même des dispositions de
Henri, et elle fut convaincue que la
vérité peut accompagner quelquefois
les ouï-dire. Une modestie sans fard,
que le père adoptif de Henri n'avait
jamais altérée par la louange, témoignait beaucoup en sa faveur ; aussi
Gisela résolut-elle de coopérer au dé-
veloppement moral du jeune cham-
pion qui promettait de devenir le
soutien de la faiblesse contre les ten-
tatives de la puissance et de la perversité. Elle savait que les leçons lé-
guées à la postérité par la philosophie,
l'histoire et la morale, pourraient y
contribuer puissamment. Ces bien-
faiteurs désintéressés, dans le trésor
desquels chacun peut puiser à pleines
mains, sans jamais éprouver de refus
et sans en diminuer la richesse, fu-

rent amplement mis à contribution
par Henri.

Les efforts faibles ou gigantesques
de la science contre la puissance des
éléments ; des lumières contre les
préjugés ; de la raison contre la mo-
nacaille, et une révélation incompré-
hensible de la justice et du bon droit
contre la rapacité ; de l'amour de la
liberté contre le despotisme ; du stoï-
cisme contre les caprices du sort, offrirent aux regards avides de Henri un
spectacle aussi intéressant qu'instruc-
tif. Des idées bien au-dessus de la
portée de tout ce qui l'environnait se
présentèrent en foule à son esprit ob-
servateur. Elles lui apprirent à distinguer clairement ce que la myopie se
contente d'attribuer au *sort;* il reconnut que la sagesse et la sottise, la ruse
et la force, parées de mille nuances,
suivant la position du spectateur, s'é-

taient montrées partout également prépondérantes là où les hommes avaient adopté un système social.

Henri passa plusieurs années à commenter toutes ces choses et à en tirer des principes qu'il pût appliquer en temps et lieu. Mais il abjura en son cœur toute espèce d'égoïsme, sentant que l'homme social est fait pour agir dans l'intérêt de la société ; il ne se forma pas une idée exclusivement défavorable de l'espèce humaine, parcequ'on y découvre fréquemment beaucoup de perversité et de travers ; il ne crut pas à l'infaillibilité de son jugement, parcequ'il était peut-être mieux exercé que celui de beaucoup d'autres, et il sut éviter le plus funeste écueil de la science, l'orgueil, ne s'érigeant pas au-dessus de ses semblables, parceque des circonstances fortuites lui avaient permis de parcourir une région plus éclairée; il conclut au total que le bonheur est inné en nous, qu'on le trouve dans la modération, l'équité, et dans la pratique des vertus actives.

Mais quoique appliqué à parcourir en tous sens le vaste domaine de la science, avec toute l'ardeur qui caractérise le jeune âge, Henri ne négligea pas de fortifier ses facultés physiques; il concevait que l'apogée de la perfectibilité humaine doit consister à établir un juste équilibre entre les forces corporelles et intellectuelles. D'ailleurs l'éducation robuste de ces temps chevaleresques l'invitait naturellement à prendre part à toutes sortes d'exercices martiaux et gymniques. Henri, à cheval, réalisait la fable du Centaure, pour l'escrime; la force musculaire de son bras, jointe à l'adresse, défiait le plus redoutable adversaire; à la lutte, son agilité, sa souplesse, son habileté à ménager ses forces, l'auraient emporté sur le plus vigoureux athlète; il nageait de manière à faire croire que l'élément liquide ne convenait pas seulement aux poissons; enfin, si, dans les combats simulés, il n'obtenait pas toujours le premier prix, il pouvait se flatter de figurer toujours dans le nombre des candidats.

Du reste, d'une infatigable activité, d'une persévérance à toute épreuve, Henri trouvait toujours les moyens de vaincre les obstacles qui s'opposaient à ses vues. Il adoptait volontiers un bon conseil, mais sans s'abandonner en fermant les yeux aux instigations du conseiller. Il évitait l'approbateur exclusif, considérait comme un ami secret celui qui le contredisait par conviction, mais il s'élevait avec

force contre le despote qui aurait
voulu lui imposer sa volonté ou ses
caprices. Il n'ambitionnait pas de
vouloir tout faire à lui seul pour
éclipser les autres; il savait calculer
ses moyens, et il n'entreprenait rien
qui fût au-dessus de ses forces ; mais
alors même il ne s'adjoignait qu'un
petit nombre de coopérateurs ; son
père adoptif lui en ayant demandé la
raison, il lui répondit : « Précédé par
» un trop grand nombre, ma marche
» ne saurait demeurer secrète; entouré
» par un trop grand nombre, je pren-
» drais trop de confiance dans la supé-
» riorité de mes moyens ; enfin, suivi
» par un trop grand nombre, force me
» serait de les guider par des routes déjà
» battues. » Ceux qui avaient contribué
à ses succès étaient sûrs d'en partager le triomphe; il aimait à récompenser, mais il ne le faisait pas osten-

siblement, de crainte qu'on ne le
taxât d'une générosité ambitieuse.
Charitable sans ostentation, il se
plaisait à se faire passer pour l'obligé
quand il dispensait un bienfait. D'une
gaieté inaltérable et toujours sans pré-
tention, ses actions, sa manière d'ê-
tre lui valurent l'amour des riches
et des pauvres; les ambitieux, les
égoïstes même lui étaient favorables,
car il les employait comme l'échelle
que le jardinier applique à l'arbre,
en sorte qu'ils étaient du moins en
évidence; enfin les moines l'affec-
tionnaient aussi, car, bien qu'il
les assimilât aux insensés qu'on ré-
vère dans certaines contrées de l'O-
rient, et qu'il les surnommât, mais
bien secrètement, *des sots de par
Dieu*, cependant il leur témoignait
beaucoup de respect lorsqu'il ne pouvait les éviter, car il savait que leur

influence était universelle, qu'il fallait encore une longue série de siè-
cles avant que la raison eût dessillé
les yeux du vulgaire. Tels furent les
fruits généreux que produisit une
éducation qui avait eu pour but de
préparer à Henri un avenir utile à
ses semblables.

L'impératrice Gisela observait avec
une joie toute maternelle les progrès
prodigieux de l'enfant trouvé, qui,
par son mérite, l'emportait sur tous
les damoiseaux de la cour. Elle l'ad-
mit à son service en qualité de page,
et le chargea de fonctions infiniment
plus importantes que celles qu'aurait
pu être appelé à remplir un jeune
homme d'une trempe ordinaire; mais
elle évita de l'élever au-dessus de ses
camarades, de crainte que la pré-
somption ne se glissât dans son cœur
et ne vînt à y relâcher les ressorts

d'une noble tendance à bien faire.

Fichtenstain, à qui Henri devait une seconde vie, remplaça à la cour l'ami paternel qu'il avait laissé à Egisheim. Le brave chambellan bénissait la Providence, qui lui offrait, dans l'enfant qu'elle l'avait appelé à sauver, un jeune homme pourvu des qualités les plus rares. Il résolut de se rendre encore plus digne de la faveur de cette divine Providence, en préservant l'enfant trouvé des émanations corruptrices de la cour, souvent bien plus funestes à l'âme que ne le sont au corps les exhalaisons morbifiques de marécages pestilentiels.

Souvent, lorsque Gisela, assise à son métier à broder, et entourée des princesses ses filles, était retirée dans son intérieur, Henri était appelé a faire une lecture. Habituées à l'uniformité du cloître, les jeunes vierges,

émerveillées de ce qu'elles enten-
daient, interrompaient fréquemment
le lecteur par des questions adressées
à leur mère. Ces interruptions étaient
bien agréables à Henri, car, non seulement les explications de l'impératrice l'intéressaient, mais il éprouvait
en même temps un charme tout particulier à admirer, à la dérobée et
bien timidement, les traits enchan-
teurs et angéliques de la douce Agnès,
dont les yeux, fixés alors sur la savante
interlocutrice, ne pouvaient lui interdire cette innocente liberté. Tel que
le laïque, lorsqu'il touche le vase sacré qui renferme la sainte hostie, c'é-
tait avec une dévotion craintive que
Henri effleurait de ses regards furtifs
le trésor de beautés qui éblouissait sa
vue. Mais quand l'impératrice l'invitait à éclaircir certaines matières qui
devaient lui être plus familières qu'à

elle, quand les beaux yeux d'Agnès s'arrêtaient sur lui avec l'intérêt candide de l'innocence attentive, il éprouvait alors un ravissement mêlé de trouble qu'il ne savait s'expliquer.

Cet état, ainsi que le secret penchant qui lui faisait préférer ces soirées tranquilles aux nobles exercices martiaux et aux plaisirs bruyants qu'il goûtait avec ses camarades, lui causèrent une surprise mêlée d'inquiétude. Quoique habitué à révéler à ses parents adoptifs toute sensation extraordinaire dont il ne savait se rendre compte, il leur cacha soigneusement celle qui l'agitait; mais il fut plus communicatif envers Robert, dont l'âge était bien moins disproportionné; tant il est vrai que, si un jeune cœur mu par la reconnaissance peut éprouver un attachement respectueux pour la vieillesse, ce n'est qu'à

la similitude d'âge qu'il voue cette
amitié intime qui invite aux épanche-
ments. Henri, honteux, sans trop savoir pourquoi, confia à Robert la situation de son âme. Celui-ci, à qui
une plus longue expérience avait appris à distinguer les premiers symp-
tômes et l'attrait des passions susceptibles d'imprimer à l'adolescence
une tendance à la vertu ou au vice,
écouta avec intérêt la confession de
son jeune ami : il comprit de quelle
nature était la puissance qui s'était
emparée du cœur de son filleul.
Comme il se trouvait lui-même sous
l'influence maligne de l'enfant qui
gouverne l'univers, il sentit vivement
le danger qui menaçait Henri ; car
Robert était aussi passionné pour une
belle et vertueuse donzelle qui le
payait de retour, mais qu'un père riche et avare refusait de lui accorder.

Il savait bien que les illusions flatteu-
ses de l'amour étaient à la vérité un
stimulant énergique et propre à engen-
drer de grandes vertus, mais il savait
aussi qu'un relâchement total pourrait
en être la conséquence si une réalité
désespérante venait à détruire ces
illusions. Il ne jugea donc pas convenable d'éclairer Henri sur son véritable état, mais il lui démontra, par la
citation de bon nombre de proverbes
populaires sur la propagation de l'espèce humaine et sur les effets de la
température, que ce qu'il éprouvait
en était une conséquence ordinaire.
Il l'engagea à n'y plus songer, l'expérience lui ayant appris à lui-même
que l'approche de la virilité imprime
à l'homme certaines craintes vagues
que l'on ne saurait définir.

Dès que Henri eut à peu près saisi
ce principe : « *Que le repos invite à*

» *l'exercice,* » Robert rompit l'entretien, et se rendit en toute diligence à Égisheim, où il le répéta à Herberge. Devenue l'amie intime de Wendela et chère à tous ceux d'Egisheim, la comtesse de Hochfurt ne le devait ni à son haut rang, qu'elle n'avait dévoilé à personne, ni à ses infortunes, auxquelles elle paraissait résignée; c'était par la justesse de son esprit, l'excellence de son caractère et les précieuses qualités de son cœur qu'elle avait su se concilier l'affection de tous les habitants du château. Les sentiments qu'Henri éprouvait pour Agnès, loin de lui paraître déplacés ou téméraires, se présentèrent à ses yeux comme une indication divine qu'il devait suivre sans mesurer la grandeur des obstacles qui se présentaient de tous côtés; elle pensait avec raison qu'un amour de cette nature ne pouvait

qu'exalter les nobles sentiments de
son fils , et l'habituer peu à peu à ne
tendre qu'au plus haut but. Aussi re-
commanda-t-elle à Robert de flatter
ce penchant, mais de cacher soigneusement à Henri et son origine et l'infortune de ses parents, de crainte que
cette révélation ne le poussât à des dé-
marches hasardées , susceptibles de
ruiner toutes ses espérances.

La route que Robert avait coutume
de suivre pour apporter rapidement à
Egisheim des nouvelles toujours satis-
faisantes du favori de la maison, con-
duisait à travers un vaste marais presque entièrement submergé. Ce marais,
très dangereux et rempli de fondriè-
res, n'était praticable que de jour; la
plus légère méprise pouvait y devenir
fatale, et souvent des fugitifs ou des
voyageurs égarés, qui avaient osé y
pénétrer de nuit, avaient payé de la

vie leur témérité ou leur ignorance.
Pour prévenir de pareils accidents,
un vénérable ermite nommé Wittekind s'était établi sur une éminence
située du côté du marais opposé à
Egisheim ; il veillait les nuits au salut de ceux que le hasard condui-
sait dans cet endroit funeste, et
il avait soin, dès que l'obscurité rem-
plaçait la lumière, de placer un falot
devant son ermitage pour en indiquer la direction. La lueur vacillante
du phare protecteur se réfléchissait
déjà au loin sur la surface des flaques
stagnantes, quand Robert arriva aux
bords du marais. Cet aspect l'affermit
dans la résolution de croiser ce fond,
pour éviter un détour de plusieurs
lieues et être rendu le plus prompte-
tement possible à Aix-la-Chapelle ;
car il craignait que Henri ne vînt à
soupçonner la cause d'une trop lon-

gue absence. Il s'aventura en conséquence dans l'étroit sentier qui serpen-
tait à travers les broussailles; il ne s'a-
vança d'abord qu'avec la plus grande
précaution. Le sol, qui tremblait
sous les pieds de son cheval, lui causait d'assez vives alarmes pour une
vie qui lui était chère par rapport à
Henri, à Herberge et à Hedwige son
amante.

Que l'amour peut devenir fatal par
les distractions qu'il cause! à peine
l'idée de Hedwige vint elle frapper
l'esprit de Robert, qu'elle s'en empara
exclusivement; il commentait le dernier refus du père; il ruminait les
moyens qu'il comptait employer pour
vaincre l'obstination du vieillard; il
ne songeait plus qu'à l'avenir, et confia la conduite du présent à la sagacité de sa monture. Le réveil fut terrible : son cheval venait de perdre

pied, et se trouvait englouti jusqu'au pommeau de la selle. Au secours! à l'aide! s'écria Robert de toute la force de ses poumons.

Cette invocation involontaire, dictée par l'instinct de la conservation, reçut presque aussitôt une réponse articulée et partant de l'ermitage : « A droite, criait-on, toujours à » droite! cotoyez le bosquet des au- » nes. » Encouragé par cette voix, Robert dirigea ses regards du côté d'où venait la voix, et aperçut un homme qui, armé d'un flambeau, descendait rapidement de l'éminence. «Maintenant à moi, Robert Freydank, » à moi! » Intrigué de savoir quel était celui qui savait si bien décliner son nom, et qui le reconnaissait même dans l'obscurité, lui qui, dans cette contrée, se croyait absolument inconnu, Robert, suivit l'avis charita-

ble de cette connaissance mystérieuse. Il parvint avec beaucoup d'a-
dresse et de peine à dégager son cheval et à le faire cheminer sur un fond
plus solide. Cependant l'ermite mar-
chait à la rencontre de Robert, et lorsqu'il l'eut joint, il lui porta son flambeau au visage, et s'écria avec l'expression de la plus vive joie : « Oui, c'est
» bien Robert Freydank, bien changé
» comme de raison, mais c'est bien
» lui !

« Pour qui me prenez-vous donc?»
se préparait à demander Robert, qui
ne pouvait encore distinguer les traits
de l'ermite cachés par son capuchon ;
mais le son sympathique de cette
voix avait vibré jusqu'au fond de son
cœur, il avait réveillé des souvenirs...
Ce doute fit place à la conviction. «Dieu
» puissant! c'est vous, mon père! Henri
» et votre Herberge sont pleins de vie !»

Robert laisse flotter la bride sur le cou du coursier docile, il se précipite dans les bras ouverts pour le recevoir. O vous, amis fidèles, qui sûtes partager le poids d'une commune misère, vous qui connaissez tout le prix d'une réunion dont on a désespéré, c'est à vous à décrire ce moment....

Ils arrivèrent enfin à l'ermitage. Le vieux Wittekind attendait à la porte; témoin silencieux de leurs étreintes convulsives et de leurs exclamations, il paraissait frappé d'étonnement. « Qui » es-tu, dit-il enfin à Robert, toi qui fais » parler un muet, qui rends un auto- » mate intelligent? Il a entendu ta voix, » ô étranger! il s'est élancé de ce seuil, » qu'il ne quittait jamais que pour se » renfermer dans sa cellule, lorsque des » malheureux gémissaient dans ce ma- » rais. Aussi le considérai-je, jusqu'à

» ce jour, comme une croix d'affliction
» que m'avait imposée le Ciel ; quelque-
» fois même je le croyais envoyé par le
» tentateur, pour me détourner de faire
» le bien. Mais aujourd'hui, quelle mé-
» tamorphose ! Il a entendu ta voix, il
» s'est saisi d'un flambeau avec l'em-
» pressement d'un martyr qui reçoit la
» palme des bienheureux ; il a montré
» de l'intérêt ; bien plus, il a su courir,
» voler au secours d'une créature hu-
» maine...Jusqu'ici je l'en avais jugé in-
» capable. Mais quoi! son cœur est donc
» encore susceptible d'éprouver de la
» joie, de l'attendrissement?—Oh! il fut
» un temps sans doute où le bonheur
» était son partage. » Et à ces mots le
vieillard se jeta dans les bras du comte.

Des larmes furent la réponse de
Hochfurt. « Réjouissez-vous , dit-il à
» l'ermite en le pressant sur son sein ,
» rejouissez-vous ; ils vivent tous , mon

» fils, ma femme, mon ami; et vous
» aussi, mon père, vous vivrez doréna-
» vant pour moi, car je suis rendu à la
» connaissance de moi-même. Mais
» où sont-ils, Robert?»

ROBERT. Henri vit à Aix-la-Chapelle,
Herberge dans un château situé à quelques lieues d'ici.

HOCHFURT. Imprudent! Conrad n'a
pas cessé de verser le sang! Il faut
fuir! Courons nous ensevelir dans un
désert. Hâtons-nous avant qu'il n'en
soit plus temps!

ROBERT. Tranquillisez-vous, mon
père. Craignez surtout de vous attaquer au Très Haut, car c'est lui qui
aplanit nos voies.

» Comment cela? demanda Léopold,
» explique-moi...

» — Rentrons, mes enfants, dit Wit-
» tekind, car j'ai besoin de contem-
» pler une nouvelle nature en toi, qui

» prends enfin rang parmi notre es-
» pèce. »

Il poussa les deux amis dans la cabane, conduisit le cheval sous un han-
gar, et fut tout émerveillé en rentrant de voir le comte près du foyer,
occupé à soigner Robert, qui s'en dé-
fendait de son mieux, mais qui fut
pourtant obligé d'endosser des vête-
ments secs, et de recevoir de sa main
un breuvage fortifiant.

Tous les trois, également impa-
tients d'apprendre ce qu'ils désiraient
savoir, et chacun demandant des ré-
ponses, ils furent assez long-temps
sans pouvoir s'entendre. Wittekind
avait besoin de mille éclaircissements
pour arriver à la connaissance de ce qui
concernait le comte et sa famille. Celui-
ci, à peine revenu d'un long délire, rassemblait ses idées encore confuses;
et Robert, attendu que tout ce qui

tient du merveilleux est fait pour pi-
quer plus vivement la curiosité, paraissait être en droit d'apprendre préalablement du comte comment il avait
pu le reconnaître dans l'éloigne-
ment. Mais Wittekind, jugeant mieux
de la situation mentale de Léopold,
interposa l'autorité que lui assuraient
son grand âge et son caractère respec-
table, et force fut à Robert de parler
le premier. Son récit, en tout satis-
faisant, produisit un si heureux effet
sur l'esprit de l'époux de Herberge,
qu'il fut en état de raconter ce qui
suit :

« Depuis le moment affreux où, er-
» rant dans la forêt, à la recherche de
» mon fils, le dernier appel de Robert :
» *A l'aide! au secours!* eut frappé
» mon oreille, et m'eut convaincu de
» la réalité de ma perte, je puis dire
» que ce cri de détresse s'est en quel-

» que sorte identifié avec le sentiment
» de mes malheurs, et qu'il n'a jamais
» cessé de vibrer dans mon cerveau.
» Réveillé parfois de la torpeur men-
» tale où j'étais plongé, je m'écriais :
» *A l'aide! au secours!* Il me semblait
» qu'à ce signal l'univers entier devait
» accourir à mon aide. C'est ainsi que
» j'invoquais la nature entière, les ar-
» bres, les rochers, les antres ; lors-
» que l'écho venait à répéter ces sons,
» qui me paraissaient sacrés, je ressem-
» blais à un maniaque, dont un éclair
» de raison a frappé l'entendement.
» Tout à l'heure même, en entendant
» ces mots, répétés avec la même ex-
» pression que jadis dans la forêt, j'ai
» éprouvé une révolution totale dans
» tout mon être ; il m'a semblé qu'on
» soulevait le voile qui obstruait ma
» vue, qu'on rompait les étroits
» liens dont je me croyais enchaîné.

» Dans mon engourdissement mental,
» je n'ai point inféré de ton appel que
» tu en fusses l'auteur ; je ne sais par
» quelle impulsion je me suis trouvé
» près de toi. Quant au conseil que
» je t'ai donné de te tenir près du bos-
» quet des aunes, ce n'était que la ré-
» pétition purement machinale des pa-
» roles que j'entendais le plus souvent
» sortir de la bouche de ce vénérable
» ami. Mais tes douces paroles ont
» calmé le feu ardent qui me consu-
» mait ; jai recouvré la mémoire et la
» possession de mes facultés intellec-
» tuelles.

» Je renais, mais j'éprouve encore
» des douleurs indicibles; telle est la
» situation d'un blessé sortant d'un
» évanouissement profond ; c'est toi,
» ô bon et cher Robert, qui viens de
» mettre le premier appareil à ma bles-
» sure. A quels coups n'ai-je point été

» en butte depuis l'évènement fatal
» qui nous sépara! Je ne sais trop com-
» ment je me trouvai, dans la même
» soirée, au milieu d'une troupe de
» brigands, faisant partie de la bande
» du fameux Thesselgart. Ils me con-
» naissaient. Ces hommes farouches
» se sentirent émus de compassion, en
» apprenant ma dernière infortune; ils
» me secondèrent dans mes recher-
» ches. Sans autre motif que celui de
» m'obliger, ils passèrent plusieurs
» jours à fureter dans tous les recoins
» de la forêt et de la montagne; ils ne
» montrèrent pas la moindre impa-
» tience, ils surent respecter ma dou-
» leur, et ce ne fut que lorsque j'eus
» désespéré moi-même de retrouver
» mon fils qu'ils quittèrent une con-
» trée dont ils avaient été rappelés par
» leur chef. Ils m'emmenèrent avec
» eux, et en furent mal récompensés.

» Un jour qu'ils s'étaient mis en em-
» buscade, pour surprendre un con-
» voi, je poussai intempestivement
» mon cri de détresse : *A l'aide! au se-*
» *cours!* ils furent repoussés avec perte;
» cependant ils épargnèrent ma vie ;
» ils se contentèrent de me garder à
» vue et de me charger de liens. Du
» reste, ils prirent grand soin de ma
» personne ; j'étais traité avec dou-
» ceur, et tout le monde se montrait
» empressé de me procurer ce qui pa-
» raissait flatter le sommeil de mon
» âme. Il ne me manquait que mon
» fils. Je me rappelle avoir séjourné
» dans un château fort très élevé ; je
» me suis trouvé aussi dans plusieurs
» expéditions navales. Le sang coulait
» partout ; ce cruel spectacle n'était
» pas une illusion de mon délire, mes
» yeux en ont été réellement épouvan-
» tés ; j'ai vu de toutes parts des vil-

» lages, des monastères, des vais-
» seaux incendiés ; j'ai entendu les
» gémissements des blessés accompa-
» gnés du râle de la mort. Nous exer-
» çons la justice, disaient les bri-
» gands triomphants, la même justice
» qu'exerce l'empereur. Thesselgart,
» leur chef, sous une apparence de
» justice, avait été cruellement op-
» primé par Conrad ; il connaissait
» toutes les circonstances de ma mi-
» sère : cet homme colère, vindicatif
» et sanguinaire, se montrait doux,
» indulgent, humain à mon égard ;
» il était devenu pour moi une garde
» sensible et empressée, à laquelle le
» plus capricieux des malades n'eût pu
» manquer d'être affectionné.

» Un jour, il m'apporta un petit gar-
» çon : — C'est ton fils, me dit-il. Je
» le crus, et j'élevai cette innocente
» créature. Je l'aimais de toutes les

» forces de mon âme ; il ne me ché-
» rissait pas moins. Je devins plus
» calme, plus raisonnable je m'occu-
» pais sans cesse des besoins de l'en-
» fant ; au milieu du tumulte et des
» alarmes, nous étions les seuls êtres
» tranquilles et paisibles. Mais cela
» dura peu. Un jour, des cris d'alarme
» se firent entendre du beffroi de
» la place forte que nous occupions
» au bord de la mer. — Nous sommes
» trahis ! criait-on ; les hommes d'ar-
» mes ont percé nos lignes ! — Les pa-
» lissades ! — Nos vaisseaux sont en
» feu ! — Nous sommes cernés de tous
» côtés par l'empereur ! Tout le
» monde courut aux armes. Je m'ar-
» mai aussi pour défendre ma pro-
» priété : c'était l'enfant.

» Des forces formidables s'avancè-
» rent contre nous, et le carnage com-
» mença. C'était la lutte d'animaux

» féroces. Notre troupe diminuait ra-
» pidement, mais notre énergie crois-
» sait en proportion. Nous portions des
» coups terribles sans lasser la per-
» sévérance de l'ennemi. Les brigands,
» grièvement blessés, s'entre-tuaient
» les uns les autres ; moi, je n'en eus
» pas l'idée, car je défendais mon en-
» fant.

» Je ne sais si des hommes se sont
» jamais trouvés dans le cas de se voir
» resserrés entre des murailles mo-
» biles, mais c'est ce qui nous arriva à
» nous. Les rangs profonds des trou-
» pes impériales, par un mouvement
» en avant toujours soutenu, nous
» serraient si étroitement, que nous ne
» pûmes plus nous mouvoir, et que
» nos armes nous devinrent inutiles.
» On nous garrotta, et nous fûmes con-
» duits devant l'empereur. Une cour
» martiale, composée de tous les

»grands de l'empire, instruisit notre
»procès pour la forme ; notre con-
»damnation était déjà résolue. Con-
»rad, en voyant Thesselgart, s'é-
»cria : — Celui-là n'est-il pas le lion
»qui a dévoré le bétail de l'Italie? Par
»la sainte croix du Seigneur, doréna-
»vant ce lion ne goûtera plus de mon
»pain (1)! Qu'on le pende! »

«Thesselgart mourut en raillant ses
»bourreaux ; mes compagnons l'imi-
»tèrent. Mon tour était venu, et j'a-
»vais déjà la corde au cou, quand mon
»enfant courut à l'empereur : de ses
»petits bras il embrassa ses pieds, et
»lui dit :—O mort! laisse vivre mon
»père!—Conrad me fixa ; une pâleur

---

(1) « Nonne est hic ille leo, qui devoravit
»bestias Italiæ? Per sanctam crucem Domini,
»talis leo non comedet amplius de pane meo.»
(*Voy. Wipo*, panégyriste de l'empereur
Conrad, dans *Vita Conradi salici*, page 473.)

» mortelle se répandit sur son visage;
» il détourna la tête en murmurant : —
» Que celui-là vive! L'enfant, joyeux,
» vint à moi : je le pressai dans mes
» bras ; soudain la détente d'un arc ef-
» fraya mon oreille, et l'innocente créa-
» ture, frappée au cœur par une flèche,
» expira sanglante sur mon sein... Je
» voulus, je crois, me précipiter sur
» Conrad; mais il me sembla que j'étais
» entouré d'une obscurité profonde.
» Était-ce illusion ou réalité ? je n'en
» sais rien. Je revis le jour; je cher-
» chai mon fils. Depuis lors, je ne me
» rappelle plus aucune circonstance
» de ma vie. C'est ici que j'ai appris de
» nouveau à penser et à distinguer. »

L'ermite prit alors la parole :

« Bien plus semblable à une brute
» qu'à un homme, je le trouvai pres-
» que mort dans la forêt; je le transpor-
» tai dans ma cellule et lui prodiguai

» les secours les plus actifs. Dieu bé-
» nit mes soins! Mais à mesure qu'il
» reprit ses forces, notre ami devint
» de plus en plus indomptable ; il bri-
» sait mes jeunes arbres fruitiers, sac-
» cageait mon jardin, et souvent même
» il voulait me maltraiter moi-même.
» Cependant la prudence l'emporta
» sur la force : je l'enfermai dans ce
» réduit, et j'essayai de le dompter par
» la faim : ce moyen était insuffisant ;
» mais il devenait souple et obéissant
» lorsque la soif le tourmentait, et que
» je lui montrais de l'eau dont il ne
» pouvait approcher. Bon Robert, tu
» deviens sombre ; ton cœur se révolte
» contre cette apparente cruauté : sa-
» che, mon fils, que plus une lame
» est tranchante, moins la blessure
» qu'elle fait est douloureuse, et moins
» visible est la cicatrice. Si je n'en avais
» pas agi de la sorte, tu serais privé de

» cet heureux moment. » L'ermite con-
tinua à voix basse et sans que le comte
pût l'entendre :

« Après plusieurs rechutes, où il se
» plaisait à embrouiller mes parche-
» mins, à briser mes tuyaux à écrire (1),
» à épiler mes pinceaux, et autres ni-
» ches semblables, je parvins à domp-
» ter sa tendance malfaisante ; mais il
» était toujours morose, paresseux,
» taciturne, et sans prendre aucun in-
» térêt à quoi que ce fût. C'est ton ap-
» parition, bon Robert, qui vient de
» compléter mon ouvrage. Mais tu es
» bien mal assis ; je vais... »

ROBERT. Ah ! je n'ai pris que trop
de repos ; il faut que je sois de retour
à Aix-la-Chapelle encore avant le jour,
pour que Henri ne se doute pas...

HOCHFURT. Sans doute, nous al-

---

(1) On se servait de roseaux taillés.

lons partir! Et il se leva précipitamment.

WITTEKIND. Cher Léopold, attends tout de Dieu et de l'effet de la joie qu'il vient de te dispenser; ne précipite rien : songe que le repos est nécessaire à celui qui vient de gravir une haute montagne.

HOCHFURT. Je soupire après mon fils et ma femme!

WITTEKIND. Mais tu sais où ils sont; songe donc que tu ne pourrais les embrasser que sous les yeux mêmes de Conrad.

HOCHFURT. Quel est celui qui oserait me l'interdire?

WITTEKIND. Celui-là même qui t'a proscrit sans vouloir t'entendre.

HOCHFURT. La justice a-t-elle donc tout-à-fait disparu de la terre? Je combattrai l'empereur! Qu'il me rende mon enfant! Livrer tout ce que j'ai de

plus précieux à mon ennemi mortel!
Comment des amis ont-ils pu agir de
la sorte ?

WITTEKIND. C'est la main de Dieu
qui a conduit ton fils à la cour ; c'est
la main de cet ami céleste qui t'a soutenu dans toutes tes épreuves, qui t'a
préservé cent fois des atteintes de la
mort, qui t'a conservé les tiens ; qui
t'a rendu à la raison : veux-tu détruire
par ton impatience tout ce qu'il a fait
pour toi ? Veux-tu causer la ruine
de ce que tu as de plus cher et la
tienne ?

HOCHFURT. Non, non, je ne tente-
rai pas la Providence. O mon père!
prends-moi en patience et sois indulgent! Permets-moi seulement de former des vœux ; je fus si long-temps
sans pouvoir souhaiter avec espoir!
J'attendrai que tu me conduises toi-
même auprès des miens... Je me tai-

rai tant que tu ne m'inviteras pas à parler. Que le bon Robert parte : montre-lui le bon sentier ; mais renferme-moi bien vite dans ma chambrette : j'ai la volonté, mais non pas encore le pouvoir de bien faire.

La manière précipitée, quoique tendre, avec laquelle Léopold prit congé de Robert, l'empressement qu'il mit à gagner son réduit, témoignèrent assez à l'ami fidèle de la famille du comte que celui-ci sentait le besoin de se priver lui-même de sa liberté. Wittekind, en fermant les verrous, lui cria qu'il ne tarderait pas à le délivrer ; il eut bientôt conduit en toute sûreté, sur la grande route d'Aix-la-Chapelle, celui dont la présence dans son ermitage avait produit de si heureux effets.

A peine Robert, se trouvant seul, jouissait-il de ce calme méditatif qui

fait, pour ainsi dire, savourer la joie
et qui lui communique ce qu'elle a de
plus doux, qu'il remarqua avec une
vive surprise l'horizon éclairé du côté
de l'orient, bien que la position des étoi-
les indiquât tout au plus la douzième
heure après midi. Cette circonstance
toute particulière, les variations de la
lueur, souvent obscurcie par d'épais
nuages couleur de sang, lui causèrent
cette inquiétude vague qui fait pres-
sentir un malheur encore indéfini. Il
gravit une éminence pour mieux sai-
sir la nature de ce phénomène, et reconnut bientôt avec effroi que la résidence était la proie d'un incendie
des plus violents. Oubliant tout, hors
le danger qui environnait peut-être
son filleul, il se porta du côté d'Aix-
la-Chapelle de toute la vitesse de son
coursier. Le noble animal, hors d'haleine, tomba expirant à la porte de

la ville, et Robert fut entraîné par les flots de la multitude à travers les rues qu'éclairaient des flammes sinistres.

Souvent la détresse commune réunit ceux que la prospérité a séparés, et fait disparaître les distances : telle était la position des habitants d'Aix-la-Chapelle : le désastre auquel toutes les classes étaient en butte avait nivelé les distinctions établies. Hommes, femmes, enfants, seigneurs et serfs, moines et laïques, nonnes et courtisanes, guerriers et courtisans, tous confondus pêle-mêle, ne songeaient qu'à l'horreur de leur position. L'empereur lui-même, au milieu de ses trabans, dirigeait les secours. Son épouse, Gisela, entourée d'enfants, de mères éplorées, de nonnes tremblantes, était prosternée devant des images de saints qu'on avait transportées au milieu de la place principale.

Robert, perçant à travers la foule, s'informait vainement de ce que l'enfant trouvé était devenu ; enfin, les prières, les menaces, voire même quelques voies de fait, lui facilitèrent les moyens de pénétrer jusqu'à la cathédrale, édifice contre lequel l'élément dévastateur paraissait avoir pris à tâche de développer sa plus grande furie. C'est là que Robert rencontra le jeune homme occupé à combattre l'incendie, et l'un des plus exposés aux atteintes du feu, dont le sang-froid et l'intrépidité de ses adversaires avaient déjà ralenti les progrès. Henri, par l'irrégularité de son costume, montrait suffisamment que, éveillé en sursaut, il avait composé sa toilette nocturne de tout ce qui s'était trouvé sous sa main : affublé d'un riche habit de cour, il portait par-dessus une cotte-de-mailles couverte de rouille ; sa tête

était couverte d'un brillant casque d'a-
cier ; un couteau de chasse très ordinaire pendait à un ceinturon riche-
ment orné, et à son cou était un cor
de chasse assujetti par une superbe
écharpe.

Effrayé des dangers auxquels son
filleul s'exposait témérairement, Robert s'offrit pour le remplacer, en l'en-
gageant à se rendre lui-même du côté
du palais, afin de faire les dispositions
nécessaires pour préserver le toit, couvert en bardeaux, de l'atteinte des
flammes et des charbons jaillissants.
Henri, songeant à la dame de sa pen-
sée, vola de suite là où son cœur l'entraînait. Il rencontra en route la princesse Agnès, accompagnée de deux
moines, ainsi que de sa suivante ; ras-
suré à cette vue, il lui demanda res-
pectueusement où elle dirigeait ses
pas : « Au monastère de Sainte-Made-

»leine, » lui répondit Agnès ; et le ver-
millon charmant produit par un sentiment qui, sans doute, n'était pas de
pure indifférence , fit disparaître de
ses joues la pâleur de l'effroi. « Ma
» mère, ajouta-t-elle, m'a fait conseil-
» ler, par ces révérends pères, de me
» réfugier dans cet asile,, attendu que
» les progrès de l'incendie menaçaient
» déjà le palais. »

Henri se permit d'observer que la
demeure impériale allait être convenablement préservée , tandis que les
moines invitaient la princesse à se hâ-
ter; elle obéit, mais non sans se retourner fréquemment; et nous sommes
obligés, comme historiens fidèles, de
dire que le zèle de notre héros s'était
très attiédi, et que lorsqu'il arriva au
palais, il n'était pas entièrement hors
d'haleine. Il eut bientôt la conviction
que l'on n'avait rien à craindre pour

cet édifice. Le toit en avait été entièrement garni de peaux mouillées,
et d'ailleurs le vent soufflait dans une
direction tout-à-fait opposée. Alors
l'empressement qu'avaient témoigné
les moines lui parut suspect ; il résolut de les suivre et d'éclairer leurs dé-
marches ; il s'arma de sa bonne épée
et monta son coursier, pour arriver en
toute hâte au monastère; mais la foule
qui remplissait les rues ne lui permit
pas d'accélérer sa marche au gré de
son impatience.

Arrivé au monastère, il y trouva la
suivante d'Agnès assise à la porte d'entrée, et qui, triste et inquiète, avait les
yeux fixés sous une arcade qu'éclairaient faiblement les reflets de l'incendie, dont le foyer se trouvait à une
assez forte distance de cet endroit. La
demande de Henri : « Où est la prin-
» cesse ? » lui fit l'effet d'un reproche.

« Dans cette enceinte, » répondit-elle
en soupirant. « Les révérends inter-
» viennent auprès de la supérieure pour
» qu'il me soit permis d'y servir ma maî-
» tresse: c'est ainsi que le veut la règle. »

« Tout cela me paraît bien étrange, »
dit Henri d'un air soucieux ; « et ce qui
» me paraît encore plus étrange, se
» dit-il en lui-même, c'est l'inquiétude
» que me cause cette nouvelle.

» —Sans doute que c'est on ne peut
» plus étrange, si ce n'est même.... »
répondit la donzelle d'une voix entrecoupée. « Mais, ajouta-t-elle vivement,
» dites-moi, seigneur page, les nonnes
» sont-elles dans l'habitude de nourrir
» des chevaux ? j'en ai entendu plu-
» sieurs hennir sous cette voûte. »

Sans trop savoir pourquoi, Henri,
pour toute réponse, y fit avancer le
sien. Bientôt, l'animal souffla avec
effort à l'encontre d'un courant d'air

très vif; bientôt le pavé ne résonna plus sous ses pieds, et le cavalier se trouva en rase campagne. Ce que lui et la suivante avaient pris pour une voûte conduisant dans l'intérieur du cloître, n'était autre chose qu'un passage qui n'en dépendait nullement.

L'empreinte des pas de plusieurs chevaux qui paraissait très fraîche, attendu que l'abondante rosée ne l'avait pas encore couverte de ses perles, conduisit le jeune homme à travers champs ; le jour qui commençait à poindre lui permit de suivre ces traces ; elles se perdaient dans un taillis assez clair-semé, et dont le sol était beaucoup plus ferme. Mais les feuilles qui jonchaient la terre, et des branches entrelacées avec intention, indiquèrent à Henri, non seulement la direction que les cavaliers avaient suivie, mais il conclut aussi de ces indices, que quelqu'un désirait que l'on rejoignît la cavalcade, et les avait laissées à dessein pour en faciliter les moyens. Que pouvait être ce quelqu'un, et quels étaient les quatre cavaliers qui précédaient? car il avait reconnu les traces de quatre chevaux. Henri ne savait comment s'expliquer cette énigme, quand il aperçut au milieu d'un épais buisson deux robes de moines liées avec une courroie. «Plus de doute, s'écria-t-il, avec »colère, les moines sont des hom- »mes d'armes déguisés, qui ont en- »levé Agnès. » C'était pour la première fois qu'il nommait la princesse par son simple nom; ce fut pour la première fois aussi que son coursier, qu'il traitait d'ordinaire avec la plus grande douceur, sentit l'étoile aiguë de l'éperon pénétrer dans

ses flancs. Il gémit de douleur, et
s'élança avec la rapidité de la foudre.

Déjà, les premiers feux de l'orient
répandaient la lumière et la chaleur
sur la surface de la terre, déjà les
créatures qui redoutent l'obscurité et
le froid accueillaient avec joie l'astre
bienfaisant qui venait ranimer leur
être. Henri restait insensible aux at-
traits d'une matinée superbe, car,
après une course de quelques minu-
tes seulement, il venait de perdre
totalement la trace des ravisseurs.
Dans le premier chagrin dont il était
pénétré, il jetait un regard de regret
sur l'espace qu'il venait de parcourir,
et où l'espoir avait du moins guidé sa
marche. Tout-à-coup, il vit sortir des
buissons un cavalier s'avançant d'un
trot accéléré. Henri, persuadé que ce
devait être la personne attendue, ar-

rêta son coursier, et eut bientôt reconnu les traits du comte Héro de
Radeborn ; mais plus celui-ci s'appro-
chait, plus il ralentissait l'allure de
son cheval.

Ce fut alors le tour de Henri de
se porter à la rencontre du surintendant des ponts et chaussées. Sa
bouche eut bientôt occasion d'expri-
mer ce dont son cœur débordait,
quand Héro lui eut demandé d'un
ton sec et aigre : «Où vas-tu ainsi,
» l'enfant trouvé ?»

A la réponse que fit Henri, et à
l'inculpation qu'elle renfermait, Radeborn répliqua avec plus d'aigreur
encore : «Que signifie ce verbiage ? ca-
» lomniateur insigne! Quels sont les in-
» solents, soit Allemands, ou Italiens,
» qui, en temps de paix, pourraient
» s'aviser de ravir la fille d'un souve-
» rain aussi puissant que gracieux? Tu

» feras bien de regagner le logis , et, si
» tu veux m'en croire , d'aller exercer
» ton cheval au manége. »

HENRI. Je suis tout aussi fondé à
vous conseiller à vous-même de che-
vaucher plutôt dans la grande voie
qu'à travers champs et taillis.

RADEBORN. Tu me parais un excellent chasseur; il est clair qu'une
chaussée bien battue foisonne de gibier.

HENRI. Vous chassez ? c'est une autre affaire. Puisqu'il en est ainsi, vous
voulez bien me permettre de profiter
de votre expérience. Aussi bien , ai-je
souhaité depuis long-temps apprendre
de quelle manière on s'y prend pour
atteindre lièvres et renards avec l'é-
pée. On la lance sans doute par les
jambes.

« Au diable le blanc-bec avec ses
» sottes demandes !» murmura Rade-

born entre ses dents. Il piqua des deux pour s'éloigner du questionneur incommode ; mais Henri, par une volte habile, vint occuper sa droite : « Vous avez dû découvrir les » robes de moines cachées dans le » buisson ? » lui demanda-t-il en l'observant.

Radeborn pâlit. Henri, du ton de la prière, ajouta : « Nous cheminerons » ensemble ; vous le voulez, j'en suis » sûr. Du reste, seigneur chevalier, » je n'aspire nullement à partager le » droit de salvage qui doit vous en » revenir. La jeunesse combat pour » des guirlandes de fleurs ; l'homme » fait, connaissant mieux le monde, » ainsi que les besoins que ce monde » lui impose, préfère des rouleaux de » bractéate. »

RADEBORN. Faut-il que tu me rencontres justement tandis que je

suis en devoir d'accomplir un pèleri-
nage !

HENRI. Pourquoi donc ne me di-
siez-vous votre projet? Je vois qu'avec
vous on n'a qu'à viser pour toucher le
noir. Un pécheur de votre espèce
facilite singulièrement au prêtre les
rudes travaux que lui impose sa vo-
cation.

RADEBORN. Tu apprendras aussi à
pécher, toi.

HENRI. Peut-être, et surtout si je res-
tais long-temps en votre société. Mais
c'est ce que je n'ai pas lieu de craindre.
Au train dont nous allons, nous ne
pouvons manquer de joindre promptement les ravisseurs. Nos coursiers,
comme vous le voyez vous-même,
sont remplis d'émulation.

RADEBORN. Si tu t'obstines à m'accompagner long-temps, ton retour en
deviendra plus difficile.

HENRI. Ce que vous dites là est une vérité qui me paraît incontestable ; mais je pense que j'aurais bien pu la découvrir moi-même, si j'eusse eu l'intention de m'en retourner tout seul. — N'y comptez pas, seigneur.

RADEBORN. Tout comme tu voudras ; il m'est arrivé souvent de faire une longue course à la recherche du vent

HENRI. Et moi à la recherche des nuages. Ainsi donc, en avant! Mais si par hasard un orage venait à éclater?

RADEBORN. Je crois, Dieu me pardonne, que tu prétends me persifler, imberbe que tu es ?

HENRI. Seigneur chevalier, mon bras et cette épée m'ont déjà valu le titre d'homme.

RADEBORN. Dans ce cas, tu n'as qu'à courir les aventures tout seul.

HENRI. Non pas, s'il vous plaît; car on dit que conseil et action marchent très bien ensemble.

Radeborn se tut, et notre héros lui-même ne jugea pas à propos de continuer une conversation qui ne pouvait manquer de finir par un éclat qu'il voulait éviter. Il frémissait intérieurement de colère en songeant que ce Radeborn, dont son père d'Égisheim méprisait souverainement le caractère, eût osé le traiter de calomniateur; mais il sentit qu'il devait au salut d'Agnès de lui sacrifier son ressentiment, car il avait de fortes raisons pour croire que Radeborn connaissait le lieu où la princesse devait être conduite. D'ailleurs, il ne lui était pas échappé que son compagnon cherchait à l'éloigner de la véritable direction que les ravisseurs avaient prise : il est de fait que Radeborn, pour se débarrasser d'un

surveillant aussi actif, se serait sans
doute porté aux dernières extrémités,
si la réputation de bravoure et d'a-
dresse dont jouissait notre héros ne
l'avait tenu en respect.

Mécontents l'un de l'autre, ils che-
minaient en silence. Parvenus à l'entrée d'une vallée étroite et profonde,
Henri demanda : « Gravirons - nous
» cette montagne, ou prendrons-nous
» par la vallée ?

» — Je vais par la vallée, » murmura
Radeborn d'une voix sourde.

» — Et moi aussi, répondit Henri. Nos
» chevaux nous en sauront gré; pour
» nous, c'est une autre affaire, nous
» allons y étouffer de chaleur. » Il ôta
son casque et l'assujettit au pommeau
de la selle; puis arrachant quelques
rameaux d'un arbre , il s'en façonna
une espèce de parasol qu'il posa sur sa
tête.

«Tu fais très bien, ma foi!» s'écria
Radeborn d'un ton amical; » mais
» tu devrais aussi te débarrasser de ta
» cotte-de-mailles ?

HENRI. A quoi bon?

RADEBORN. Elle va devenir brûlante
et te grillera jusqu'aux os.

HENRI. N'importe.

RADEBORN. Ce serait dommage pour
ton précieux pourpoint de velours; tu
as encore six mois à le porter avant
d'en obtenir un neuf. Que diront les
jolies damoiselles en voyant l'enfant
trouvé d'Égisheim, dont on vante la
beauté et la tenue, affublé d'un mauvais pourpoint tout râpé?

HENRI. Ce qu'elles diront? rien, si
elles sont sages, et des paroles perdues
si elles sont sottes. Les filles qui esti-
ment un jeune homme pour son habit entendent aussi bien leur intérêt
que les enfants qui préfèrent le champ

de blé le plus bigarré de pavots.

RADEBORN. Agis à ta guise. Quant à moi, j'ai un avantage sur toi; je puis agir plus librement et m'occuper de mon bon cheval.

Il attacha la bride de son coursier à son genou, coupa une très forte branche et la dépouilla, tout en cheminant, de ses rameaux, qu'il arrangeait entre les courroies du harnais, comme pour entourer son cheval de feuillage.

Quoique Radeborn, par la transition subite de sa mauvaise humeur à un ton insinuant et amical, eût fait soupçonner à Henri que ce changement cachait quelque mauvaise intention, le jeune homme, élevé à l'école de la loyauté, était loin de se douter du noir attentat que son perfide compagnon méditait. Le sentier, devenu très étroit, ne permettant plus aux deux cavaliers de marcher de front,

Henri prit l'avance sans la moindre appréhension. Radeborn le suivait pas à pas ; ce dernier, après avoir élagué la branche qu'il avait coupée, conserva l'épais gourdin qu'elle formait, et s'en escrimait en tous sens, comme pour éloigner les taons qui incommodaient les chevaux. Après avoir continué cette manœuvre quelque temps, pour endormir la prudence de sa victime, l'infâme, profitant d'une pause où Henri, parvenu à une montée rapide, avait ralenti le pas de son coursier, saisit l'instrument fatal à deux mains, et se disposait à en asséner un coup mortel sur la tête nue du jouvenceau... Mais celui-ci avait remarqué que le poli du casque, qu'il avait devant lui, réfléchissait les gestes de Radeborn ; il le consultait souvent, poussé à cela par cet instinct de conservation qui ne nous abandonne jamais : la démonstration hostile du traître ne lui échappa pas, et il eut le temps d'en éviter l'atteinte en avançant brusquement, de manière que le coup porta sur la croupe de son cheval. A ce coup, le premier peut-être que le noble animal eût reçu, il riposta par une ruade épouvantable, qui atteignit l'autre cheval à la ganache : celui-ci, se cabrant, frappa de sa tête son cavalier au front, et lui fit vider les étriers; mais comme la bride se trouvait toujours attachée à son genou, il fut pour quelques instants en butte aux mouvements désordonnés de l'animal furieux.

Plus prompt que l'éclair, et comme s'il se fût agi de secourir l'ami le plus cher, Henri arrêta le cheval, mit pied à terre, et le blessé, hors d'état de s'aider lui-même, fut porté dans une cabane voisine par l'être généreux dont

I   10

il avait voulu trancher les jours. Cette cabane, déserte, et seulement occupée de temps à autre par des chasseurs, était le seul abri que la vallée présentât contre les rayons du soleil, dont l'ardeur, toujours croissante, était devenue insupportable.

Quoique ses meurtrissures ne fussent pas absolument dangereuses, Héro ne reprit que lentement connaissance ; lorsqu'il eut enfin recouvré l'usage de ses facultés, qu'il se vit couvert de sang, et qu'il eut aperçu le page plein de sollicitude pour une vie qu'il était en droit de lui arracher ; lorsque les douleurs qu'il ressentait toujours plus vivement aux tempes et dans la poitrine lui firent présumer qu'il touchait à ses derniers moments, il crut que, par l'aveu d'un trait de scélératesse, il expierait tous ceux dont il s'était rendu coupable, et que

s'il en empêchait l'exécution, il méri-
terait son pardon.

Repentant à la manière des malfaiteurs, qui considèrent comme une
œuvre méritoire de n'avoir pas com-
mis de plus grands forfaits, Radeborn,
d'une voix entrecoupée, s'adressa ainsi à notre héros: «Bon jeune homme,...
» je sens que mon heure est venue;...
» j'ai mérité... mon sort. Accorde-moi
» mon pardon... Je t'ai traîtreuse-
» ment...

HENRI. Qu'il n'en soit plus question, comte. J'aurais souhaité seulement que vous eussiez frappé moins
violemment mon bon cheval, et que
par ricochet, vous-même...

RADEBORN. Je veux te constituer
héritier de tous mes biens.

Le jeune homme, offensé, allait
répondre avec force qu'il refusait d'ac-
cepter le prix du sang, et il s'était

éloigné du misérable, lorsque celui-ci ajouta : « Quant à la princesse...

» —Que dites-vous de la princesse?» demanda Henri avec une douce instance et en soutenant de nouveau sa tête languissante.

RADEBORN. C'est moi... qui l'ai fait enlever.

HENRI. Malheureux !

RADEBORN. Oh! ne t'emporte pas!... Elle est en lieu de sûreté. Disgracié par l'empereur, depuis sa campagne d'Italie, où Thesselgart et ses bandes furent détruites, je crus devoir employer un innocent stratagème pour rentrer en faveur auprès d'un si gracieux souverain. Mon véritable but était de lui restituer moi-même sa fille chérie, comme si je l'eusse délivrée des mains de ravisseurs.

HENRI. C'est ce que nous ferons

ensemble ; mais où est - elle actuelle-
ment?

RADEBORN. Au Purgatoire.

HENRI. O ciel! le malheureux a
perdu la raison, et cependant ses bles-
sures ne sont pas mortelles !

Si le repentir que témoignait Radeborn était un repentir forcé, celui qu'il
éprouva en entendant ces paroles fut
des plus sincères ; il maudit l'impru-
dence avec laquelle il venait de révéler sa culpabilité. L'espoir de guérir
ranima son courage, et lui fit conce-
voir l'idée de profiter de l'erreur de
celui dont pouvaient dépendre sa vie
et sa fortune : il se mit à contrefaire
le fou, et réussit à tromper le jeune
homme plein de candeur, et à l'éloigner même de sa personne. En effet,
Henri sentait que des compresses
d'orties pilées ne suffisaient pas pour
opérer la guérison d'un cerveau dé-

traqué; il était, en outre, impatient de remettre la princesse sous la sauve-garde maternelle : il n'y avait pas de temps à perdre pour obtenir ce der-nier résultat, et cependant il répugnait à son cœur d'abandonner à lui-même un homme également malade et de corps et d'esprit. Pour allier le senti-ment du devoir à celui de l'humanité, il résolut de ne quitter Radeborn que pour lui envoyer des secours plus prompts et sans doute plus efficaces que ceux qu'il était en état de lui pro-curer à lui seul. Ces considérations le déterminèrent à se porter en avant. Chemin faisant, il fut frappé d'un souvenir confus qui lui parut une ré-vélation céleste, et qui lui fit présumer que Héro était encore en possession de son bon sens lorsqu'il avait nommé le séjour d'Agnès. Il se rappela que les gens de son père adoptif avaient

souvent parlé du *Purgatoire* comme
d'un cabaret borgne, situé au milieu
d'une lande de très vaste étendue. Il
eut bientôt acquis la conviction que
sa mémoire ne l'avait pas trompé, car,
au sortir de la vallée, un désert de
cette espèce, couvert de bruyères et
d'arbres rabougris, se présenta à sa
vue. Il découvrit aussi, sur le revers
d'une éminence, un ermitage, où il
s'empressa de se rendre. Il y trouva
un vénérable anachorète, qui non seulement se montra très disposé à porter des secours à un être souffrant,
mais qui lui indiqua aussi, avec beaucoup d'exactitude, la direction qu'il
devait suivre pour arriver au *Purgatoire*.

 DU TOME PREMIER.

www.ingramcontent.com/pod-product-compliance
Lightning Source LLC
Chambersburg PA
CBHW061457030726
47503CB00005B/1744